El gato negro

y otros cuentos de horror

Aula de Literatura

DIRECTOR
Francisco Antón

ASESOR
Manuel Otero

El gato negro
y otros cuentos de horror

Edgar Allan Poe

Introducción, notas
y propuestas de trabajo
Manuel Broncano

Traducción
Julio-César Santoyo
Manuel Broncano

Ilustración
Jesús Gabán

Aula de Literatura Vicens Vives

Primera edición, 1996
Primera reimpresión, 1997
Segunda edición, 1998
Reimpresiones, 2000, 2001
Tercera edición, 2002
Reimpresiones, 2003, 2004, 2005
Cuarta reimpresión, 2006

Depósito Legal: B. 16.224-2006
ISBN: 84-316-6582-3
Nº de Orden V.V.: V-761

Títulos originales:
"The Masque of the Read Death" (*Graham's Magazine*, 1842), "The Pit and the Pendulum" (*The Gift: a Christmas and New Year's Present*, 1842), "The Tell-Tale Heart" (*Pioneer*, 1843), "The Black Cat" (*United States Saturday Post*, 1843), "The Facts in the Case of M. Valdemar" (*American Review: A Whig Journal*, 1845), "The Cask of Amontillado" (*Godey's Magazine and Lady's Book*, 1846), "Hop-Frog" (*The Flag of Our Nation*, 1849) "The Fall of the House of Usher" (*Burton Gentelman's Magazine*, 1839).

IMPRESO EN ESPAÑA
PRINTED IN SPAIN

Editorial VICENS VIVES. Avda. de Sarriá, 130. E-08017 Barcelona.
Impreso por Gráficas INSTAR, S.A.

ÍNDICE

INTRODUCCIÓN

EL GATO NEGRO Y OTROS CUENTOS DE HORROR

PROPUESTAS DE TRABAJO

EDGAR ALLAN POE (1809-1849)

INTRODUCCIÓN

EDGAR ALLAN POE

En este volumen se recogen algunos de los relatos más inquietantes de Edgar Allan Poe, un escritor norteamericano del siglo XIX cuya obra goza hoy de una vigencia sorprendente. Cada uno de estos cuentos representa una exploración, siniestra y fatal, de unos personajes que se debaten entre la razón y la locura. Buena parte de estas narraciones retratan la miseria moral a la que puede llegar el ser humano, a menudo víctima inconsciente de sus propias obsesiones. La vida y la muerte no son aquí sino un juego en el que el hombre pretende igualarse a Dios, arrebatándole los poderes que le son propios. Los límites de la cordura aparecen tan difuminados que al final el mismo lector es incapaz de juzgar con precisión dónde se hallan, equiparándose así la ficción a la realidad en que todos nos desenvolvemos. Y es este cuestionamiento constante de la «realidad» uno de los muchos rasgos que hacen de Edgar Poe un precursor de la modernidad (o posmodernidad). Y es también una de las razones que explican la polémica que desde siempre Poe y su obra han suscitado, polémica en la que con frecuencia se ha confundido al autor con su obra, es decir, con esa galería interminable de personajes que encarnan las debilidades más inconfesables —y también las grandezas— del ser humano. Las páginas que siguen intentan deslindar la vida del escritor de su legado literario, aunque, como se verá, no siempre resulte fácil. No en vano Edgar Poe, romántico peculiar, buscó a menudo en su propia vida la fuente esencial de su arte, la materia prima en la que plasmar su estética. Parece inevitable, por todo ello, repasar los hechos de esa vida tantas veces contada ya.

Una muerte enigmática

El día 3 de octubre de 1849 Edgar Poe es encontrado inconsciente en una calle de Baltimore, en presunto estado de embriaguez, y trasladado al Washington College Hospital de esta ciudad, donde fallece cuatro días más tarde, en la madrugada del domingo 7 de octubre. Tiene cuarenta años. Las circunstancias exactas en que transcurren sus últimas horas se ignoran, pero todo parece indicar que Poe es víctima de un grupo de agentes electorales encargados de recaudar votos con un sistema bastante peculiar (*cooping*, o 'enjaulamiento'), que consistía en embriagar a sus víctimas con alcohol y narcóticos para después pasearles por los distintos colegios electorales, donde sus votos se admitían sin demasiados escrúpulos. Por último, se les abandonaba en alguna acera sin que pudieran recordar gran cosa del abuso de que habían sido objeto. Junto a Poe son muchos los que ingresan en los hospitales de Baltimore con síntomas semejantes, en una jornada electoral especialmente dura, según testimonios de la época, hasta el punto que su caso pasa desapercibido y no es ni siquiera investigado por la policía. Con sus antecedentes, se da por sentado que la muerte de Poe se debe a la ingestión voluntaria de una cantidad excesiva de alcohol y drogas.

Termina así una vida, breve pero muy intensa, que comenzó en Boston un 19 de enero de 1809, cuando la república norteamericana apenas contaba treinta y cinco años de vida. En poco tiempo, las trece colonias que emprendieron la guerra contra Gran Bretaña (1775) se habían convertido en un país floreciente donde inmigrantes de todo el mundo ambicionaban labrarse un futuro mejor, en una tierra «prometida» de posibilidades ilimitadas. La vida de Poe transcurre pareja a la transformación de las colonias en una potencia mundial de primer orden, sustentada por los principios básicos del capitalismo y la democracia. Es la época de los pioneros y los colonos que poco a poco van ocupando un territorio de vastas dimensiones en el que los nativos se ven fatalmente desplazados, cuando no aniquilados. También es la época en que las grandes ciudades de los Estados Unidos comienzan a fraguarse, potenciadas por el fortalecimiento de una burguesía que gradualmente se convertirá en la clase social dominante.

En vano aspiraría Edgar Allan Poe a formar parte de dicha clase social. Si hay un factor constante en la vida del poeta es precisamente la escasez de recursos, que llegaría a ser con demasiada frecuencia alarmante. Trabajador incansable y escritor prolífico, Poe no ingresaría, a lo largo de su vida de escritor, más de trescientos dólares por sus publicaciones, una cantidad irrisoria incluso para la época.[1] La figura del escritor profesional era casi inexistente por entonces en Norteamérica. Salvo raras excepciones, los autores tenían, además, otro oficio con el que completaban su sustento. Aún no se había desvanecido del todo el recelo puritano por la actividad literaria, y los escritores se encontraban a menudo con un público hostil y poco dispuesto a admitir al artista como miembro de su república. Sobre todo, si el artista tenía el perfil de Edgar Poe.

Huérfano de una familia de actores

Uno de los fenómenos asociados al crecimiento de las ciudades fue el auge incipiente del teatro, destinado a satisfacer la mayor demanda de espectáculos públicos que éstas generaban. Sin embargo, la actitud de las clases medias urbanas hacia la actividad teatral era en esos tiempos ambivalente. Se potenciaba el teatro pero se despreciaba a los actores, cuya profesión resultaba para muchos inmoral. Los padres de Edgar Poe fueron ambos actores de una compañía ambulante y víctimas de penalidades incontables como

1 Si hoy en día apareciera algún volumen de la selección de sus escritos publicada en 1843, el ejemplar alcanzaría con facilidad la astronómica cifra de medio millón de dólares: ironías del destino.

las que marcarían después la existencia del poeta. Su origen oscuro y la reputación dudosa de sus progenitores acompañarían a Poe siempre como un recuerdo ignominioso que trataría de desmentir en parte.

Los orígenes familiares de Edgar Poe se remontan a Irlanda del Norte, desde donde su bisabuelo John Poe emigró a Norteamérica en el siglo XVIII. Uno de sus hijos, David Poe, abuelo de Edgar, fue un destacado oficial del ejército revolucionario, cuyo apoyo a la causa de la independencia le supondría la pérdida de toda su fortuna. Años después, su hija María Clemm intentaría inútilmente que el gobierno reparara esa deuda nunca saldada. David Poe, primogénito del militar revolucionario y padre del poeta, abandonó pronto la abogacía para dedicarse por completo al teatro, actividad en la que nunca destacaría por su talento. Inclinado a la bebida y sumido en la pobreza —constantes que también determinarán la vida de Edgar—, David Poe desaparece muy pronto de escena, en circunstancias que todavía los biógrafos no han conseguido aclarar del todo, dejando a su esposa y a sus tres hijos en condiciones de extrema precariedad.

David Poe conoció a Elizabeth Arnold en 1804, cuando ambos formaban parte de la compañía de los Comediantes de Virginia, donde ella era la primera actriz y él desempeñaba papeles secundarios. Elizabeth Arnold, hija de la actriz inglesa del mismo nombre que emigró a América en 1796, había conocido los escenarios desde niña. Actriz espléndida e infatigable pero de constitución débil, la madre de Poe pronto acusó los efectos del exceso de trabajo en ínfimas condiciones y contrajo la tuberculosis, enfermedad de la que fallecerían tantos seres cercanos a Poe. El día 8 de diciembre de 1811, Elizabeth Arnold Poe fallece, a los veinticuatro años, en una habitación miserable de una fonda de Richmond en compañía de Edgar y de su hermana Rosalie, que aún no había cumplido su primer año.

Privado de padre y madre, a partir de ahora Edgar habrá de valerse por sí mismo en un mundo donde su condición de huérfano determinará el rumbo de su existencia, y

La temprana orfandad de Poe pudo influir en su relación posterior con las mujeres, en quienes solía ver una figura materna. A la izquierda, Elizabeth Arnold, la madre del escritor; a la derecha, Mrs. Jane Craig Stanard, madre de un compañero de Poe y el primero de sus amores platónicos.

quizá de su mismo arte. El hermano mayor, William Henry, fue acogido por familiares de Baltimore; Rosalie, la pequeña, por los Mackenzie, y Edgar, por los Allan, familia acomodada de Richmond que le daría su apellido. Comienza con ello una etapa crucial en la vida del poeta, marcada por la tensa relación con John Allan, el autoritario tutor que finalmente romperá todo vínculo con Poe.

Edgar Allan, virginiano

Las circunstancias determinaron que su nacimiento ocurriera en Boston, pero Edgar Poe siempre se consideró hijo de Richmond, floreciente capital del estado de Virginia donde transcurriría su infancia. Virginia está en el Sur de los Estados Unidos, una región muy diferente, por historia y costumbres, de la formada por los estados del Norte. Primera colonia establecida en Norteamérica, Virginia es un estado de temperaturas amables y excelente agricultura, donde la propiedad estuvo tradicionalmente dividida en grandes plantaciones para las que era esencial la mano de obra barata que proporcionaban los esclavos. Hasta la Guerra Civil, Virginia se caracterizó por una aristocracia de plantadores que creía a la vez en la igualdad de todos los hombres y en la justicia de la esclavitud, una de las muchas paradojas de esta región cuya participación fue decisiva en el nacimiento de los Estados Unidos.

El Sur se ha caracterizado siempre por su cortesía y su afición a los buenos modales; por su concepto idealizado del amor y la amistad, y por su sentido, un tanto extravagante, del honor, que tantas afinidades guarda con el concepto de honor tradicional en España. Estos valores dejarían una huella imperecedera en el escritor, como demuestra su visión idealista del amor, o su presunta participación en algún duelo —no consumado— para dirimir una afrenta. Poe fue, además, defensor declarado de la causa del Sur, en la que se incluía la esclavitud y el rechazo del sistema democrático vigente.

Edgar Poe, ahora con el apellido Allan incorporado a su nombre, tuvo durante su infancia y su adolescencia acceso a una educación exquisita en las mejores escuelas privadas de Richmond y de Gran Bretaña, y después, durante un año, en la recientemente fundada Universidad de Virginia. Según sus biógrafos, Edgar era un niño encantador que deleitaba con su ingenio y su belleza física a sus padres adoptivos, con los que mantuvo una relación desigual. En Frances Allan, la joven esposa del comerciante escocés, Edgar encontró una sustituta de esa madre que tan pronto le faltó, como le faltaría también al poco tiempo la propia Frances, fallecida en 1829. John Allan, por el contrario, mantuvo hacia el huérfano una actitud distante que se acentuaría con los años. Durante la infancia de Edgar, sin embargo, no escatimó recursos en su formación, a pesar de sufrir en esa época altibajos financieros que sólo cesarían con la herencia de un importante legado procedente de un tío. Comerciante acomodado, John Allan aspiraba a asimilarse a la aristocracia de plantadores con la que se codeaba en Richmond y de la que él no formaba parte.

John y Frances Allan, padres adoptivos de Edgar Allan Poe. Las conflictivas relaciones del escritor con su padre adoptivo fueron cruciales para su vida.

Sobre la figura de John Allan y de su relación con Edgar se ha especulado bastante, pues a él se le atribuye la responsabilidad de muchas de las penalidades que padeció el escritor. Nunca llegó, por ejemplo, a adoptar legalmente al niño, aunque es cierto que en el Sur rara vez se adoptaba a un huérfano con el que no existieran lazos familiares. Tampoco le nombró nunca heredero de sus bienes, lo que hace sospechar una voluntad secreta de no reconocer nunca al huérfano como hijo. Dado el profundo afecto que su esposa sentía por Edgar, es comprensible el celo mostrado por John Allan en ocultar sus intenciones, que se harían manifiestas tras la muerte de Frances. Pero, además, se sabe que el comerciante escocés tenía al menos dos hijos ilegítimos, de cuya manutención se hacía cargo. Sean cuales fueren las razones, lo cierto es que John Allan —hombre de virtudes públicas y vicios privados— supuso un factor determinante en la vida de Edgar, quien, falto siempre de recursos económicos, hasta el último momento mantuvo viva la esperanza de una reconciliación que nunca llegaría.

Universidad de Virginia

No obstante, la primera adolescencia de Edgar transcurre apacible en Richmond, ciudad en la que conocerá los momentos más felices y a la que volverá al final de sus días en un esfuerzo desesperado por encontrar refugio. Tras una estancia de cinco años en Inglaterra y Escocia, la familia Allan regresa a Virginia. Edgar cuenta ahora doce años y pronto manifiesta su vocación por la poesía, que practica escribiendo versos que su hermana Rosalie entrega a diversas adolescentes de Richmond. Edgar sobresale en los estudios y en el deporte, llegando a cruzar a nado el río James, en una hazaña con la que emula a Lord Byron, el poeta romántico y aventurero por el que Edgar sentía profunda admiración. Es en esa época cuando aparecen los primeros nubarrones en la relación entre el padre y el hijo adoptivo, que los biógrafos atribuyen al probable conocimiento que Edgar tendría ya de la vida extramarital del comerciante. La conducta del joven, arrogante y aventurero, tampoco ayudó a suavizar la relación.

En febrero de 1826, Edgar Poe emprende viaje a Charlottesville, sede de la universidad fundada por Jefferson dos años antes. Poe forma parte de un selecto grupo de estudiantes pertenecientes a las mejores familias de Virginia; pero, a diferencia de ellos, Edgar carecerá de los medios necesarios para llevar una existencia digna en ese ambiente, ya que John Allan le ha enviado a la universidad sin ni siquiera el dinero suficiente para cubrir los gastos mínimos de manutención. A pesar de ello, Edgar demostró ser, durante el único curso universitario que realizó, un estudiante brillante y un lector voraz, cualidades que le auguraban un excelente futuro académico. Pero las penurias económicas a las que se vio sometido le llevaron al juego, en un intento desesperado de conseguir el dinero que John Allan le negaba. Y con el juego llegaron las primeras deudas y los primeros escarceos con la bebida.

Sobre el alcoholismo de Poe se ha escrito y se ha exagerado mucho. Aunque es cierto que con frecuencia el escritor buscó en la bebida una válvula de escape ante el infortunio, no es menos cierto que desde muy joven la constitución física de Poe demostró ser extremadamente débil ante el alcohol, bastando pequeñas cantidades para inducir en él la embriaguez. En cuanto a la supuesta adicción a narcóticos como el opio, parece ser una aportación de Charles Baudelaire a la biografía de Poe más que un hecho constatado.

La ruptura con John Allan. El sargento Edgar A. Perry

El final de curso supuso el estallido de la tormenta que se había ido fraguando desde hacía tiempo. John Allan acusa a Edgar de malgastar un dinero que él le escatima con una tacañería que sorprende dada su saneada fortuna; le acusa también de mala conducta y hábitos viciosos, negándose a saldar las deudas de juego que Edgar ha contraído. Decide, en fin, que el joven no es merecedor de continuar sus estudios en la universidad. La ruptura final parece inevitable. Edgar, humillado como sólo un hombre con su concepto del honor puede sentirse, decide abandonar el hogar que durante dieciséis años ha sido el suyo.

El 7 de abril Edgar Poe desembarca en Boston, su ciudad natal. Tiene dieciocho años y una vocación ya irrenunciable por la poesía. La vida allí no le resulta fácil y, tras algunos meses de penurias, Edgar se alista en el ejército con una identidad falsa: «Edgar A. Perry, veintidós años». Antes, sin embargo, ha conseguido llevar a cabo su primer gran proyecto literario: la publicación de un volumen de poesía, *Tamerlán y otros poemas*, que aparece firmado por «un bostoniano», sin ninguna referencia al nombre del autor. Mientras tanto, todo el mundo supone a Edgar en Rusia o en el Oriente debido a las cartas que envía, fechadas en los lugares más exóticos. Los dos años siguientes transcurren bajo la disciplina, no muy férrea, del ejército, donde alcanza el grado de sargento. Conseguir licenciarse antes de los cinco años a que se ha comprometido será para Poe un quebradero de cabeza del que querrá librarse recurriendo a su padre adoptivo. Si bien todavía en términos muy fríos y distantes,

John Allan le presta la ayuda requerida —más una pequeña cantidad de dinero— y Edgar vuelve a la vida civil, aunque con la intención de ingresar poco después en la academia militar de West Point. La muerte de Frances Allan posibilita un reencuentro entre el padre y el hijo adoptivo, que decide pasar unos meses en Richmond en lo que resultará su última estancia en la casa paterna. Después, la academia de West Point, de donde será expulsado en menos de un año por falta de disciplina, único modo que tiene Poe de abandonar una institución a la que, según se queja amargamente en carta a John Allan, fue enviado una vez más como «un pordiosero», sin los recursos económicos suficientes.

Un matrimonio polémico

La expulsión de West Point precipita la ruptura final entre John Allan y Edgar. El joven, acosado entonces por las deudas, busca refugio en Baltimore, en casa de su tía María Clemm, donde se traslada en mayo de 1831. Con ella conviven su hija Virginia —la niña que unos años después se convertirá en esposa del poeta—, Henry Poe —el hermano de Edgar, que muere pocos meses después víctima de la tuberculosis y el alcoholismo— y una tía abuela, cuya pequeña pensión ayuda a mantener a flote un hogar que depende en todo de la abnegación de María Clemm. Transcurren así tres años en los que Poe comienza a labrarse un nombre como escritor, publicando en los periódicos y revistas y ganando más de un premio literario. En 1834 muere su padre adoptivo, sin mencionarle siquiera en la herencia. No hace falta insistir en el efecto que esta muerte produjo en el poeta, privado ahora de toda esperanza de mejora económica por esa vía.

Desde muy pronto Edgar muestra un gran afecto por su prima Virginia, dedicándole pacientes horas a su instrucción. El matrimonio de Poe con Virginia en 1836, cuando ella aún no ha cumplido los catorce años, es uno de los hechos más polémicos en la vida del escritor, en el que algunos han querido ver un síntoma claro de su depravación. No

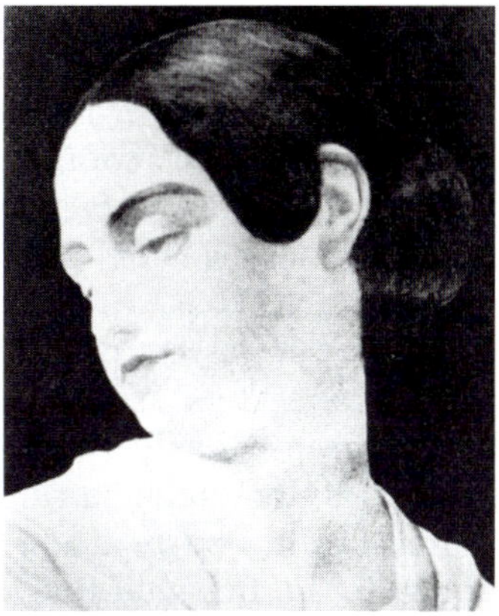

La tía del escritor, María Clemm; a la derecha, Virginia Clemm, la jovencísima prima de Poe con la que contrajo matrimonio.

corresponde especular aquí sobre la naturaleza de la relación que pudo haber entre ellos, pero conviene recordar que existen abundantes pruebas que revelan el profundo afecto de Edgar por su esposa. Se sabe, en todo caso, que el compromiso matrimonial se vio precipitado por la amenaza de que Virginia fuese adoptada por un familiar cercano, separación que Edgar quería evitar a toda costa.

Labor editorial

En esta época el escritor empieza a mostrar serios problemas con la bebida, que se acentúan con su regreso a Richmond, donde ha sido contratado por una revista, *The Southern Literary Messenger*. Su producción literaria se incrementa considerablemente, escribiendo numerosos ensayos y reseñas en los que formula sus postulados estéticos, y que sirven para aumentar de forma notable la circulación de la revista. El salario insuficiente que recibe, sin embargo, le lleva en 1837 a despedirse. Los años siguientes los pasa entre Nueva York y Filadelfia, ciudades a las que Poe se desplaza con su familia en busca de empleo. Ante las numerosas dificultades se plantea incluso abandonar su oficio de escritor, que se prueba tan precario. La publicación en 1838 de su única novela, *Las aventuras de Arthur Gordon Pym*, no ayuda mucho a mejorar su situación.

En 1841 Poe es contratado en Filadelfia como editor de la revista *Graham's Magazine*, lo que representa un paréntesis en las penurias del poeta y su periodo de máxima madurez artística. Experto conocedor del mundo editorial y de los gustos de los lectores, Poe consigue que las ventas de la revista aumenten extraordinariamente en menos de un año. Desde las páginas de la revista, Poe ejercita su pluma acerada para denunciar la ramplonería y la falta de calidad artística de una parte de la literatura norteamericana de su época. Las teorías de Poe sobre la lírica y el cuento surgen, en buena medida, como una reacción a esa literatura, muy alejada del alto concepto del arte literario que tiene el escritor. En 1842, alegando su profundo desencanto con los gustos literarios que promueve *Graham's Magazine*, Poe abandona la revista.

Es ésta una época de actividad febril, en la que sueña con fundar su propia publicación periódica, un proyecto que nunca verá cumplido. Entabla relaciones con los escritores más destacados del momento, y llega a conocer personalmente a Dickens, sobre el que ha escrito reseñas elogiosas.

Últimos años

Los años posteriores a su dimisión de *Graham's Magazine* transcurren entre Filadelfia y Nueva York, siempre acompañado por María Clemm y Virginia. Son años difíciles, en los que los problemas de Poe con el alcohol se agudizan a la par que los económicos. Como escritor goza ya de cierta fama, acentuada por el famoso episodio del viaje imaginario en globo a través del Atlántico, que Poe hizo pasar por verídico en las páginas del periódico neoyorkino *The Sun*, creando un enorme revuelo entre el público, que creyó por completo el engaño. Pero el verdadero éxito popular y de crítica lo encontraría con la publicación en 1845 de su poema «El cuervo», que le abre las puertas de los círculos litera-

La casita de Fordham en que Poe residió cuando vivía en Nueva York.

rios de la ciudad. El éxito y la ayuda financiera de algunas amistades le permiten comprar el *Broadway Journal*, en cuyas páginas publica, durante el breve periodo en que es propietario, versiones revisadas de casi todos sus cuentos y poemas, así como más de sesenta ensayos y reseñas críticas. Algunas de estas reseñas atacaban a figuras prominentes de las letras y sobre todo a Longfellow, un poeta de gran éxito con el que hasta entonces había mantenido relaciones excelentes y al que ahora Poe acusa abiertamente de plagio. Estos y otros ataques le hacen perder el apoyo de algunos amigos antes incondicionales, como el escritor James Russell Lowell. La bebida también hace su presencia en este periodo, sobre todo a raíz del agravamiento de Virginia.

Ya en 1842, la esposa de Poe había sufrido la rotura de una vena mientras cantaba, comienzo de una larga enfermedad —de nuevo la tuberculosis— que acabaría con ella cinco años después. Es una larga agonía que el escritor padece como si fuera en carne propia. Las escenas finales de la vida de Virginia son ciertamente patéticas, sin más abrigo que una colcha y el calor de un gato, ante la impotencia de un esposo que no puede ni siquiera comprar carbón para la estufa. Virginia muere en enero de 1847 y el escritor cae gravemente enfermo, sin que nunca llegue a recuperar del todo su salud, a pesar de los cuidados de María Clemm.

Los dos últimos años de la vida de Poe transcurren entre Nueva York, Boston, Filadelfia y Providence. En esta ciudad entabla relaciones con Sarah H. Whitman, con quien está a punto de contraer matrimonio; pero la inestabilidad del poeta, que se muestra incapaz de cumplir sus promesas de dejar la bebida, frustra el enlace. Al parecer, en esta época el escritor sufría ataques de manía persecutoria, que le dejaban profundamente desorientado y aturdido. Los meses antes de su muerte Poe vive en Richmond, donde reencuentra a la mujer que fuera su primer amor de adolescente, Elmira R. Shelton, de quien las circunstancias le habían apartado y con la que ahora, al cabo de tantos años, se promete. El noviazgo, sin embargo, durará muy poco. Los últimos días en la vida del poeta constituyen otro enigma para sus biógrafos, que no consiguen aclarar las razones que le llevaron a Baltimore ese funesto día electoral de 1849.

El peso de la infamia

No existe certeza sobre la fecha exacta —el 8 ó 9 de octubre de 1849— en que Poe recibió sepultura en el cementerio de Baltimore, pero se sabe que fue una ceremonia breve e impersonal, a la que no asistieron más de cinco o seis personas, ninguna de las cuales era amigo o familiar del poeta. Ese día de octubre señala el final del hombre y el comienzo del mito, un mito a menudo muy alejado de la realidad.

A veces los grandes hombres son víctimas impotentes de los muchos rencores y envidias que despiertan en su entorno. Edgar Poe puede decirse uno de ellos. La vida del escritor no transcurrió, desde luego, por cauces convencionales, y su genio era dado a la ironía y el sarcasmo, lo que le granjearía numerosas enemistades a lo largo de su vida.

En «El tonel de amontillado», uno de los relatos que presentamos en esta antología, asistimos a un acto de venganza cruel y premeditada que no deja de recordar la sufrida por el propio escritor tras su muerte. En el relato, un noble italiano espera paciente la ocasión para infligir en su amigo el castigo que considera justo para reparar un pasado agravio que ni siquiera llegamos a conocer. En la vida de Poe, un oscuro editor llamado Rufus Griswold esperó también, paciente y callado, el momento de su desagravio, que le llegaría con el fallecimiento del escritor. La realidad iguala así, si no supera, a la ficción.

Durante muchos años ha pervivido un retrato de Edgar Poe que representaba al autor como un genio libertino, malogrado por el vicio, enloquecido por el abuso del alcohol y las drogas, una mente enferma que transcribía en sus relatos las alucinaciones y los delirios de los que era víctima; un hombre, en fin, dominado por la perversidad y la envidia, como muchos de los personajes que pueblan sus narraciones. Por fortuna, los esfuerzos de un buen número de biógrafos han podido desmentir la leyenda negra que un grupo de contemporáneos consiguió urdir en torno a la figura del poeta. Un retrato tendencioso con el que desquitarse de las afrentas sufridas, una vez que el autor es incapaz de toda réplica. Y será Rufus Griswold —cuyo nombre permanece en la historia de la literatura tan sólo por su traición al autor— el que arroje sobre Poe la losa implacable de la infamia, falsificando documentos y alterando hasta límites inimaginables los hechos de su vida y su obra.

Rufus Griswold era un ex reverendo baptista que gozaba de cierto reconocimiento como hombre de letras; autor, entre otras obras, de una *Antología de los poetas americanos*, en la que figuraba Poe. La relación entre ambos estuvo jalonada de pequeños roces que produjeron un resentimiento silencioso en Griswold, sobre todo por las críticas desfavorables que sus poemas recibieron de Poe, aunque éste se disculpara tiempo después y diera el asunto por zanjado. Edgar Poe siempre tuvo por sincera la amistad de Griswold, hasta el punto de nombrarle su albacea literario y confiarle la edición definitiva de sus obras. El 9 de octubre de 1849, dos días después de la muerte del poeta, Griswold publica un artículo en el *New York Tribune*, firmado con el pseudónimo de «Ludwig», donde comienza a dibujarse la leyenda de autor maldito:

> Edgar Poe ha muerto. Falleció anteayer en Baltimore. A muchos esta noticia les sorprenderá, pero a pocos les entristecerá. El poeta era muy conocido en todo el país, personalmente, o por su reputación; tenía público en Inglaterra y en varios países de Europa; pero pocos o ningún amigo.

La publicación, un tiempo después, de las *Obras Completas* de Poe le dio a Griswold la oportunidad de completar su labor destructora, forjando un retrato demoníaco del poeta que ha pervivido en buena medida hasta nuestros días. Fue precisamente ese carácter de «maldito» lo que tanta atracción ejerció sobre el poeta simbolista francés Charles Baudelaire, verdadero introductor de Edgar Poe en Europa y admirador incondicional de su vida y su obra. Y aun así, el propio Baudelaire contribuye enormemente con sus ensayos a ese retrato distorsionado del escritor, en quien cree encontrar un alma gemela, un símbolo de los padecimientos del artista en la sociedad contemporánea.

RETRATO DEL ARTISTA

Edgar Poe es un norteamericano hijo de su tiempo, aunque rara vez su obra se ambienta en los Estados Unidos. Conoce bien el mundillo literario de Nueva York, Boston y Filadelfia, y los gustos del público lector. Goza de una sólida formación clásica y comparte las inquietudes científicas e intelectuales de la época, para las que a menudo busca respuesta en sus narraciones y ensayos. Poe es un esteta que se interroga sobre la esencia de la belleza, sobre la naturaleza de la creación poética, sobre el alcance de la poesía y su relación con la vida, cuestiones en apariencia ajenas al mundo en que vivimos. Pero también es un racionalista que intenta descifrar los mecanismos de la mente y el modo en

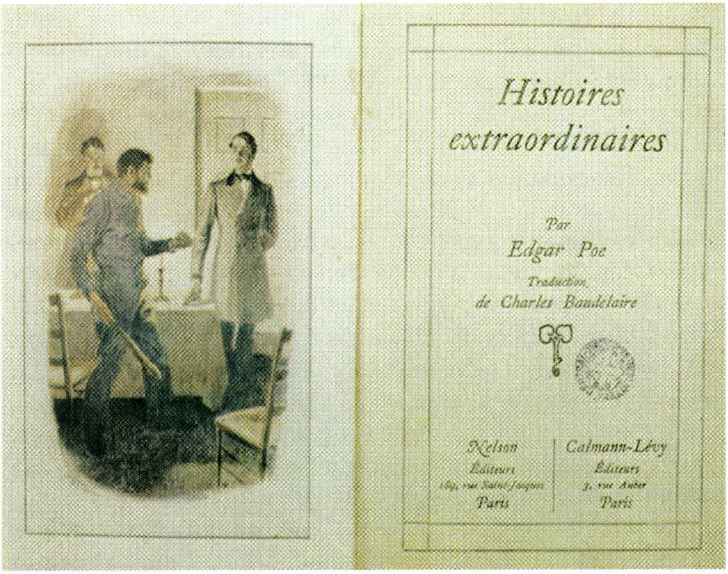

Principal difusor de la obra de Poe en Europa, el poeta simbolista Charles Baudelaire tradujo al francés los cuentos del escritor norteamericano.

que diversas impresiones alteran su funcionamiento, ya sea el terror, la ira, el amor o la envidia. Y un filósofo que se plantea cuestiones trascendentales para las que trata de hallar respuesta. Y un fino ironista que consigue trastocar la tradición literaria a través de la parodia, como ocurre con el relato gótico, tan popular en su tiempo. En manos de Poe, las convenciones de la novela gótica —con sus castillos, sus malvados, sus doncellas y sus tormentas— se utilizan para un nuevo propósito, que ya no es tanto inducir terror en el lector como analizar los efectos que éste tiene en la mente humana.

Teoría estética. La poesía

Ya se ha dicho que Edgar Poe es un romántico peculiar. Buena parte de sus ideas entroncan con el pensamiento de Coleridge y otros escritores europeos que articulan la base teórica del Romanticismo. Poe, sin embargo, muestra claras diferencias con ellos: por un lado, es heredero del racionalismo propio del siglo XVIII y, por otro, es un precursor del esteticismo del «arte por el arte», lo que le sitúa en una posición atípica. De Coleridge, Edgar Allan Poe adopta la idea de una imaginación primaria, equivalente a la percepción, y una imaginación secundaria, que es capaz de trascender la apariencia de las cosas y penetrar en su significado oculto. Las conclusiones que Poe deriva de esta distinción son, sin embargo, más ambiciosas que las del poeta inglés. A través de la imaginación, el hombre puede atisbar la eternidad, y es la poesía, aliada con la música, el medio ideal para esa experiencia mística.

El efecto del poema debe ser por ello inmediato, y su extensión limitada. La poesía tiene que ver con los sentidos más que con la mente, y su objetivo es revelar la belleza del universo. O dicho de otro modo, la «verdad» subyacente en las cosas del mundo. La poesía no debe moralizar, ni ser lógica, pero debe ser original, es decir, debe estar en constante renovación. El proceso de creación poética es, sin embargo, arduo y complejo: lejos de ser producto de la inspiración repentina, el poema responde a un proceso lógico y racional. Esta aparente contradicción describe muy bien la duplicidad de Poe, que bien pudiera definirse como un «visionario racionalista». El Poe visionario cree que el arte verdadero debe trascender la realidad cotidiana a través de la intuición; el Poe racionalista cree que todo poema responde a un proyecto lógico y puede por tanto someterse a un minucioso análisis que explique su funcionamiento. Son dos caras de un artista que precisamente ha hecho de la duplicidad uno de sus temas fundamentales: el bien y el mal, el amor y el odio, la vida y la muerte, la cordura y la locura, contradicciones todas que marcan la paradoja de la existencia humana, como paradójica es la persona y la obra de Edgar Allan Poe.

Poe tiende a ser un poeta sonoro y simbolista, aficionado a los ritmos cadenciosos y las imágenes sorpresivas. Pero estos ejercicios estilísticos se impregnan de un tono más existencial en el último periodo de su vida, carente del optimismo que caracterizaba sus poemas de juventud. Los versos de Poe recrean un mundo imaginario ajeno al nuestro, poblado de sueños y sufrimientos muy distantes de lo cotidiano y prosaico del mundo real. Son versos que hablan de la infancia perdida, o de la amada muerta, o de la soledad del artista, o del deseo de conocimiento consustancial al poeta, o de su deseo de inmortalidad, o de su ansia de belleza. Versos, como los de «Annabel Lee», que nos hablan del dolor de Poe ante la muerte irremediable de Virginia, la esposa inmortalizada en ese y otros poemas. Versos que nos hablan del artista tanto como del hombre, empeñado en vencer la zafiedad de la vida con la creación de cosas bellas y, por tanto, imperecederas.

Narraciones

Alrededor de setenta relatos breves y una novela componen el legado narrativo de Poe. Es una producción desigual en la que conviven cuentos escritos con la única finalidad de recaudar dinero y auténticas obras maestras. La temática de estos relatos es muy diversa y responde en buena medida a los gustos de la época, en la que los temas científicos y pseudocientíficos gozaban de gran popularidad, así como el relato gótico y, en general, el de misterio y aventuras. Los periódicos y las revistas le proporcionan a Poe una buena fuente de información de las últimas novedades, que él se apresura a incorporar a sus cuentos: viajes en globo, expediciones arriesgadas, experimentos hipnóticos, epidemias, enterramientos en vida, etc. Este material, sin embargo, sufre en manos de Poe una transformación radical y adquiere la impronta inconfundible del poeta. La parodia es uno de los elementos primordiales en las narraciones de Poe, que explica muchos de los excesos de todo tipo que aparecen en ellas. Hay relatos, como el de «La caída de la casa Usher», donde esos excesos son bien patentes y no pueden pasar desapercibidos: el efectismo de la tormenta en la noche, la mansión maldita o la hermana que regresa a la vida no persiguen, con su exageración, asustar al lector sino parodiar el género gótico y su popularidad en Norteamérica. Como se ha dicho, Poe consigue subvertir las convenciones del género para convertirlo en vehículo de exploración psicológica del ser humano, verdadero objetivo de los relatos que presentamos en esta antología y, en general, de toda su obra narrativa. Es otro rasgo de la modernidad de Poe, claro precursor de la preocupación por la subjetividad de la percepción y de la realidad característica de la literatura muy posterior a él, y aun de las propias teorías psicoanalíticas. Pero además, si los clásicos son aquellos que consiguen reformular y reactualizar los géneros para ponerlos al servicio de fines nuevos (recuérdese a Cervantes y la novela de caballerías, por ejemplo), a Edgar Poe debe considerársele también uno de ellos, pues en sus manos el relato gótico y de misterio adquiere dimensiones hasta entonces desconocidas en el género.

El principio del «efecto único»

Poe fue muy consciente de la dificultad que entraña el relato corto como género literario, llegando a formular una verdadera teoría del cuento que aún hoy es objeto de debate. Para Poe, el cuento es la forma en prosa más cercana a la poesía lírica. Como en el caso del poema, su extensión debe ser limitada. La novela falla por ser demasiado extensa: al requerir un tiempo de lectura muy largo, sujeto a interrupciones, es incapaz de conseguir el efecto de totalidad deseado. En el relato corto, sin embargo, el autor puede desarrollar su intención por completo, ya que puede tener al lector bajo su control y no se producen interferencias causadas por el cansancio o las interrupciones. El proceso de composición se inicia, o mejor dicho, debería iniciarse, con el objetivo de conseguir un «efecto único», para después elegir los acontecimientos y combinarlos del modo más efectivo para la obtención de ese efecto único sobre el lector. El relato debe estar construido de tal forma que no sobre ni falte nada, y todos sus elementos deben apuntar, directa o indirectamente, a la consecución de ese efecto. El argumento debe estar diseñado hasta su desenlace antes de escribir una sola palabra. Sólo con el desenlace en mente se puede dotar al argumento de la lógica necesaria, y todo en el relato debe estar orientado hacia él.

ESTA SELECCIÓN

El gato negro

Publicado en 1843 y seguramente uno de los mejores relatos de Poe, «El gato negro» es un análisis sobrecogedor de un personaje dominado por el «instinto de perversidad», según Poe, la tendencia a hacer conscientemente el mal, innata en el ser humano, y que el autor desarrolló en el relato «El demonio de la perversidad». En «El gato negro» aparecen algunos de los elementos más recurrentes en la narrativa de Poe, como el narrador en primera persona; la presencia del elemento mágico o misterioso (el gato); el espacio cerrado en el que transcurren los acontecimientos; la duplicidad de niveles que evoca la parte consciente y subconsciente de la mente; el deseo de racionalizar lo irracional —o de justificar lo injustificable—, así como la presencia de la muerte que el protagonista administra como si de un dios perverso se tratara. Destaca, por otra parte, el emparedamiento final de la víctima, con que el asesino quiere ocultar ante sí mismo y los demás su horrendo crimen, aunque al final él mismo se delate. En «El barril de amontillado» y «El corazón delator» nos encontramos con un motivo similar, y son otros muchos los relatos de Poe donde la víctima es enterrada en vida o emparedada, situaciones ambas que parecían obsesionar al escritor.

«El gato negro» adopta la forma de una confesión judicial, con la que el narrador pretende convencer por igual a jueces y lectores no tanto de su inocencia, que él sabe indefendible, como de las razones que le llevaron a cometer las atrocidades de las que ahora es convicto. Se nos presenta como víctima del alcohol, el «demonio de la intemperancia» responsable de la degradación progresiva de su persona, capaz de hacer de un niño sensible y aficionado a los animales un hombre que retribuye el amor —de su esposa o de su gato— con la muerte, ahogando después en la bebida los muchos remordimientos que le asaltan por ello. Además de la tendencia a hacer el mal, el protagonista padece asimismo una manía persecutoria muy similar a la que muestran los esquizofrénicos.

Se sabe que el gato fue un animal por el que Edgar Poe tuvo siempre especial predilección, y durante muchos años su gata Catarina fue un miembro más de la familia, acompañándole en sus múltiples traslados (fue esta gata la que prestó su calor a la joven Virginia en sus últimos días de agonía). Como ha señalado algún crítico, en «El gato negro» Poe ha elaborado una recreación fantástica de su afición por estos animales, así como de su temor a los violentos ataques de mal genio que con frecuencia experimentaba cuando había bebido y que en cualquier momento podrían afectar a sus seres más queridos, Virginia y María Clemm. A partir de esos temores y de esos elementos para él tan familiares, Poe ha creado una compleja metáfora sobre el intrincado funcionamiento de la mente, presa de una duplicidad en la que a menudo se imponen los instintos perversos sobre la bondad también innata al ser humano.

El caso de Mr. Valdemar

Publicado en 1845, «El caso de Mr. Valdemar» tuvo un éxito inmediato. Muchos lectores norteamericanos y europeos llegaron a tomar el cuento por un relato verídico, lo que no dejó de sorprender a Poe, ya que al parecer su intención no era producir un texto engañoso. El tono extraordinariamente realista del cuento y las creencias del periodo explican sin embargo la facilidad con la que los lectores cayeron en tal engaño. El hipnotismo —también conocido como «magnetismo» o «mesmerismo»—, del que se desconocía su verdadera naturaleza, era un tema que fascinaba al público de la época. Este hecho demuestra el profundo conocimiento

Dibujos del famoso ilustrador británico Arthur Rackham para, respectivamente, «El pozo y el péndulo» (izquierda) y «Hop-Frog».

que Poe tenía de los temas entonces de actualidad y la rapidez con que los incorporaba a sus relatos.

Se han rastreado diversas fuentes para este cuento: una carta publicada en febrero de 1845 en el *Broadway Journal*, firmada por el Dr. Sidney Doane de Nueva York, describe la extirpación de un tumor en el cuello a una paciente en estado hipnótico, en términos que se asemejan mucho a los del relato de Poe. Se sabe, por otra parte, que Poe admiraba la obra de C. H. Townshend, *Hechos del magnetismo*, en cuyo prólogo a la cuarta edición (1844) Townshend afirma haber sido testigo del caso de un enfermo terminal al que se le consigue prolongar la vida durante al menos dos meses mediante la hipnosis. Poe, además, había asistido a diversas conferencias sobre el fenómeno magnético, con testimonios de primera mano sobre experiencias hipnóticas.

La teoría del «magnetismo animal» fue formulada por el médico alemán Franz Anton Mesmer (1734-1815) en 1779 y alcanzó gran difusión en Europa y los Estados Unidos durante el siglo XIX, aunque fue profundamente desvirtuada. Mesmer, pionero de la técnica de la hipnosis —que permite controlar la voluntad y la sensibilidad de un paciente—, concebía el principio magnético como un fenómeno estrictamente físico, sin ningún tipo de connotación espiritual, que podía tener importantes aplicaciones en la medicina. Para Mesmer existe una influencia mutua entre los cuerpos celestes, la Tierra y los seres vivos, y al igual que en el caso del imán, los animales influyen y son influidos por esas fuerzas en las que están inmersos. Así, en el hipnotismo se produce, según Mesmer, una transferencia de «fluido magnético» entre médico y paciente que induce el estado hipnótico en éste. Muy pronto, sin embargo, algunos consideraron el trance hipnótico como una especie de puerta al «más allá» que permitía atisbar el mundo de ultratumba, dando tal creencia lugar a la aparición de todo tipo de escuelas y sectas de corte espiritista y pseudorreligioso. «Revelación magnética» (1844), otro relato de Poe sobre experimentos hipnóticos, provocó entre la comunidad científica y los lectores un revuelo similar al que causó «El caso de Mr. Valdemar» un año después. En «Revelación magnética» el personaje protagonista ruega al narrador del relato que le hipnotice y le someta a un cuestionario ya que, en su opinión, el estado de especial clarividencia en que entra el hipnotizado le permitirá descubrir y revelar la verdad sobre la inmortalidad del alma.

En «El caso de Mr. Valdemar» nos encontramos de nuevo un narrador en primera persona que adopta un lenguaje racional y objetivo para describir un experimento «científico» de resultados nefastos. El verdadero tema del cuento es, sin embargo, la inmortalidad humana: el anónimo protagonista busca detener los avances de la muerte, y aun la muerte misma, a través de la ciencia. Como es lógico, la tarea está condenada al fracaso de antemano y, aunque el objetivo es en apariencia noble, el resultado del experimento revela las terribles consecuencias que puede acarrear el interferir en asuntos sobre los que sólo Dios tiene potestad. «El caso de Mr. Valdemar» se convierte así en una crítica sutil de los excesos a los que puede llevar la ciencia cuando se desvirtúan sus fines.

Como ha señalado la crítica, éste es uno de los cuentos más repulsivos y desagradables de Poe, y desde luego, algunos de sus pasajes son de extrema crudeza, ya que el narrador parece deleitarse detallando los aspectos más morbosos de la enfermedad de Valdemar. Pero es éste, precisamente, uno de los recursos claves para lograr la objetividad que, tanto Poe como el anónimo narrador, persiguen en el relato.

El barril de amontillado

El tema principal de «El barril de amontillado» (1846) es la venganza, llevada ésta a unos extremos de refinamiento y crueldad que no pueden dejar impasible al lector. Al igual que en «La máscara de la Muerte Roja» y en «Hop-Frog», la ambientación se sitúa en un pasado remoto —seguramente la Edad Media o el Renacimiento italiano— y los personajes pertenecen a la nobleza. La acción se desarrolla en un subterráneo y contiene muchos de los elementos típicos del relato gótico. Como en «El gato negro», la víctima es finalmente emparedada. También aquí nos encontramos un narrador en primera persona que, al cabo de los años, confiesa el abyecto crimen cometido contra un amigo que tenía plena confianza en él.

Se han señalado diversas fuentes para este cuento. La más inmediata parece ser la obra de J. T. Headley, *Cartas desde Italia*, una de las cuales, publicada en el *Columbian Magazine* en 1844 —el mismo número donde apareció «Revelación magnética» de Poe—, describe un nicho de la Iglesia de San Lorenzo, en la ciudad italiana de Don Giovanni, donde un tiempo atrás unos trabajadores habían encontrado el esqueleto de una persona que había sido emparedada. Otro de los textos que probablemente inspiraron a Poe es el cuento de Honoré de Balzac, «La grande bretêche» («La gran cripta»), que apareció en forma adaptada en la *Democratic Review* en noviembre de 1843. Es la historia de un marido celoso que, al descubrir que el amante de su esposa está escondido en un armario, decide tapiarlo en presencia de ésta. Aún otra fuente posible es la obra de Sir Walter Scott, *Marmion*, donde se habla de una monja, Constance de Beverly, emparedada como las antiguas Vestales romanas al ser capturada tras su huida del convento.

Resulta muy significativo que la historia de esta venganza despiadada transcurra durante la época del Carnaval. La fiesta del Carnaval se caracteriza por su carácter lúdico y satírico. Es un periodo permisivo y tolerante en el que la autoridad es objeto de burla y la moralidad queda en suspenso, en el que lo sacro se profana y lo profano se sacraliza, en el que los contrarios se mezclan y todo se parodia. Fortunato —nombre irónico, dado su destino— está vestido con un traje de bufón y las campanillas de su gorro sirven de contrapunto funesto a los horrores de su muerte. Montresor, el frío y calculador asesino, parece haber elegido conscientemente el momento de su crimen, en un intento quizá de mitigar los remordimientos que le asaltan escudándose en la permisividad de la fiesta. El crimen quedará en apariencia sin castigo. A través de su relato, sin embargo, el narrador nos deja entrever la verdadera dimensión de ese castigo interminable que, al cabo de los años, le lleva a confesar su crimen: la condena al sufrimiento moral, al remordimiento que le ha privado todo ese tiempo de la paz que su amigo Fortunato encuentra con la muerte. Las últimas palabras de Montresor tras culminar su venganza, «Requiescat in pace», resultan así premonitorias de su irónico destino, incapaz para siempre de alcanzar esa paz que le desea —y le procura— a su víctima.

Este relato está considerado como una de las obras maestras de Poe. Su mayor logro consiste en el equilibrio casi perfecto entre el horror de la situación y el humor y la ironía que impregna todo el relato. Un humor sardónico que aparece en los momentos más tensos del relato, una ironía amarga que afecta por igual a la víctima y al propio verdugo, protagonistas ambos de una pantomima esperpéntica que recrea los abismos de estupidez (Fortunato) y crueldad (Montresor) en los que puede caer el ser humano.

Ilustración de Arthur Rackham para «El barril de amontillado».

La máscara de la Muerte Roja

Publicado en 1842, «La máscara de la Muerte Roja» es un relato alegórico que ha dado lugar a variadas interpretaciones aunque en él se plantea un tema muy cercano al de «El caso de Mr. Valdemar»: la imposibilidad de vencer a la muerte y la vanidad que demuestra el ser humano en ese empeño. El tono del relato está muy alejado del realismo característico de otros cuentos. La acción se desarrolla en un espacio imaginario y en un pasado remoto. Los personajes carecen de profundidad psicológica y se convierten en meros vehículos al servicio de una idea. Como es habitual en Poe, el marco de la acción es un espacio cerrado y densamente simbólico. La abadía amurallada en la que el orgulloso Príncipe Próspero y sus cortesanos se aíslan del mundo exterior se prueba insuficiente, sin embargo, para proteger a sus ocupantes del avance inexorable de la muerte, de la que no existe escapatoria posible.

Los colores de los diferentes salones no parecen haber sido elegidos al azar, pues sugieren el paso del día a la noche. El azul es el color de la mañana, y simboliza el comienzo de la vida y la inteligencia. El púrpura se suele asociar con la brevedad de la vida, así como con el poder, la justicia y la templanza. El verde se relaciona con la juventud, el crecimiento, la esperanza y el misticismo. El anaranjado representa el mediodía, así como la madurez, el orgullo y la ambición. El blanco, mezcla de todos los colores, se asocia con la vida y la muerte. Es, además, el color del invierno y de la vejez. El violeta se asocia también con la muerte, pues es el color del luto, y con el recuerdo, la sabiduría y la devoción religiosa. El negro, por último, es la noche, la nada, la ausencia de color, y representa destrucción y muerte, lo que se refuerza con el rojo de los ventanales. Parece lógico que sea en esta última sala donde culmine la tragedia del Príncipe Próspero y su corte.

Se han señalado diversas fuentes para este cuento. Una referencia fundamental es el *Decamerón* (1353), de Giovanni Boccaccio, obra en la que diez jóvenes se refugian en una

Ilustración de Arthur Rackham para «La máscara de la Muerte Roja».

finca a las afueras de Florencia huyendo de la peste negra que asola el país. Otra referencia inevitable es *La tempestad* (1623) de William Shakespeare, donde Próspero, un duque italiano que goza de poderes mágicos, se ve desposeído de su fortuna y confinado en una isla con su hija Miranda. En el acto primero el esclavo deforme Caliban, hijo de la bruja Sycorax, recrimina a Próspero el haberle enseñado a hablar en los siguientes términos: «Tú me enseñaste a hablar, y esto es lo que aprendí, aprendí... a maldecir. ¡Que la peste roja te extermine por enseñarme tus palabras!» (I, ii, 362-64).

Una fuente más inmediata es una carta publicada por el *New York Mirror* en junio de 1842 —y que sin duda Poe conocía—, en la que se describe un baile de máscaras celebrado en París durante la epidemia de cólera de ese año. Por otra parte, en la *Vida de Petrarca* (1841), obra de T. Campbell que Poe reseñó, un personaje llamado Barnabo se encierra durante una plaga en un castillo, y un centinela debe tocar una campana cada vez que alguien se aproxima. Cuando un grupo consigue entrar, Barnabo huye aterrorizado al bosque, donde encuentra la muerte. Por otra parte, muchas obras recrean el símbolo medieval de la *danse macabre*, o danza de la muerte, en la que un cadáver o un esqueleto acompaña a sus víctimas hacia la muerte, tradición que aflora en el relato de Poe. En cuanto al gran reloj de ébano del último salón, parece inspirado en el famoso reloj de la catedral de Estrasburgo, en el que las horas las marca una figura que representa la Muerte y los cuartos una figura que representa a Jesucristo, que acude a derrotarla.

La obsesión con la «muerte roja» quizá esté muy relacionada con las circunstancias personales en que Poe escribió este cuento, redactado en las semanas siguientes a la rotura de una vena que su esposa Virginia sufrió mientras cantaba. Semanas de temor constante a nuevas hemorragias —que, para desesperación suya, se repitieron— en las que Poe concibió esta desconcertante alegoría sobre la vanidad humana y el paso implacable del tiempo. La muerte roja, conmovedor sinónimo también de la tuberculosis, persiguió, como ya sabemos, al artista a lo largo de su vida, privándole de algunos de sus seres más queridos que, uno a uno, como los cortesanos de Próspero, fueron cayendo ante el roce de esa enfermedad cuyo emblema y sello es asimismo el rojo de la sangre.

Hop-Frog

En «Hop-Frog» (1849) Poe adopta de nuevo el tono legendario de otros cuentos para recrear la historia de una venganza ambientada en un pasado y un reino remotos. «Hop-Frog» representa un ataque sutil contra la tiranía, encarnada por ese monarca y sus siete consejeros que están acostumbrados a gobernar a su capricho y antojo, sin ningún respeto por la dignidad de sus súbditos. Son personajes deformados por la gordura, deformación que parece alcanzar a su juicio moral: lo grotesco de sus cuerpos no es más que un reflejo de la naturaleza de su alma. Frente a ellos se encuentran Hop-Frog y Trippetta, cuya deformidad física (los dos son enanos) no se corresponde, sin embargo, con una deformidad moral. Aunados en el infortunio de la servidumbre forzada, ambos hacen causa común ante los constantes abusos de que son objeto y se convierten en ejecutores del tirano y sus secuaces.

Se conocen a ciencia cierta las fuentes en las que se inspiró Poe. En las *Crónicas* del escritor francés Jean Froissart (1337-1410) se relata un incidente ocurrido en la corte de Carlos VI de Francia en 1385, cuando un grupo de cortesanos disfrazados de salvajes, con el cuerpo cubierto de pelo y encadenados, entraron en un salón donde bailaban algunas damas. Todos los cortesanos menos uno perecieron por accidente en un fuego muy similar al que se produce en «Hop-Frog», excepto el mismo rey que, por fortuna, no se encontraba encadenado. Poe, sin embargo, no utilizó el texto de Froissart sino un artículo publicado en el *Broadway Journal* en 1845, «Barbaridades del teatro», donde se relata este incidente junto con el accidente sufrido por una actriz al incendiarse su pesado vestido en un teatro de Londres. En cuanto a la figura del bufón, está probablemente inspirada en David Ritchie, el enano deforme de la obra de Walter Scott *El enano negro*, o en el cuento titulado «Frogère y el Emperador Pablo», en el que el zar Pablo I, tras simular el exilio de su bufón, lo hace volver de nuevo a la corte; años después, ese bufón se encuentra entre los que descubren el cadáver del zar, que ha sido asesinado.

Muchos críticos coinciden en señalar el trasfondo biográfico de este cuento. Escrito durante el último año de vida de Poe, «Hop-Frog» está impregnado del desengaño y el resentimiento sentido por el autor ante el infortunio de una vida que se acerca a su fin, atormentado aún por la muerte de su joven esposa y por veinte años de humillación y penuria en manos de los editores, quienes en algunos casos habían obtenido pingües beneficios con sus obras. Enfermo y exhausto, Edgar Poe parece tomarse aquí cumplida venganza de todos aquellos que le habían humillado a lo largo de los años. En un nivel más profundo este relato puede interpretarse como una alegoría de la situación del artista: así, el Rey representaría la naturaleza prosaica de la realidad —antagonista de la mente creativa—, y el bufón representaría la imaginación del artista, prisionero de una sociedad carente de todo sentido estético.

El pozo y el péndulo

Desde su publicación en 1842, «El pozo y el péndulo» ha sido uno de los relatos más populares de Poe. Quizá ello se deba a la maestría con que consigue mantener el suspense hasta el mismo final, en que un acontecimiento inesperado arrebata al protagonista de las fauces del pozo que está a punto de engullirle, tras una larga agonía víctima de los más refinados tormentos —físicos y psicológicos— ingeniados por la Inquisición española, una institución célebre por la sofisticación de sus torturas. En este relato el motivo del descenso a las entrañas de la tierra, del que hemos visto diversas variantes en los cuentos precedentes, encuentra su máxima y más conmovedora expresión. Un descenso que puede interpretarse, en términos psicoanalíticos, como una

Ilustración de Arthur Rackham para «Hop-Frog».

bajada al subconsciente, esa región de la mente donde se albergan los terrores más cervales y los instintos más primarios. Como en «El corazón delator», la acción se desarrolla en un mundo de tinieblas donde el narrador intenta encontrar sentido a una experiencia que traspasa los límites de lo racional. Pero frente a ese y otros cuentos, en «El pozo y el péndulo» la razón y el coraje se terminan imponiendo al terror y al sufrimiento. El narrador de este relato representa, en este sentido, un caso anormal en las narraciones de Poe, ya que no manifiesta ninguno de los rasgos enfermizos tan característicos de otros protagonistas. Es éste un canto al valor y al deseo de supervivencia que también forman parte del complejo de fuerzas contradictorias que constituyen la esencia del ser humano.

Con «El pozo y el péndulo», Poe se propuso parodiar el tipo de relatos publicados por *Blackwood Magazine* y otras revistas británicas, por lo general narraciones de corte sensacionalista en primera persona sobre las que Poe ya había ironizado en «Cómo escribir un artículo para Blackwood». Combinando motivos y situaciones procedentes de ésta y otras revistas, Poe consigue producir un texto que supera con creces al modelo, como lo demuestra la popularidad actual de este relato frente al olvido en que han caído los relatos que lo inspiraron. Se suelen señalar, además, dos fuentes que le proporcionaron a Poe la información que incorpora sobre la Inquisición española. En la obra de Thomas Dick *Filosofía de la Religión* (1825), que Poe sin duda conocía, se habla de la entrada de los franceses en Toledo durante la Guerra de la Independencia y la visita del general Lasalle al palacio de la Inquisición, describiéndose los diferentes instrumentos de tortura. La obra del español Juan Antonio Llorente *Anales de la Inquisición en España* (1812), traducida al inglés en 1826, también era conocida por Poe, bien directamente o bien a través de artículos basados en ella. Es una historia de la Inquisición española donde se describen algunos de los sofisticados métodos de tortura que aparecen en el relato, como el péndulo en forma de cuchilla que avanza lentamente hacia la víctima.

El corazón delator

Publicado en 1843, «El corazón delator» es uno de los relatos más peculiares de los que presentamos en esta antología, y aun de toda la narrativa de Poe. Consiste en un monólogo —muy cercano al de «El gato negro»— en el que un asesino defiende ante el lector su propia cordura, más que su inocencia, ya que desde un principio admite su culpabilidad en ese crimen que describe con detalle. El narrador basa su defensa en la premisa de que la locura es incompatible con la acción racional y sistemática, y, para probarlo, relata minuciosamente los pasos seguidos en ese asesinato que ejecuta con precisión asombrosa.

Se conocen dos fuentes bastante fiables para este cuento. Una es la descripción de Daniel Webster de un asesinato real cometido en Massachussetts, en el que J. F. Knapp contrató a R. Crowninshield para robar y asesinar a J. White en Salem el día 6 de abril de 1830. Fueron detenidos poco después y Crowninshield se suicidó, pero Knapp fue juzgado y condenado. La segunda fuente es el relato de Charles Dickens, «Confesión encontrada en una prisión en tiempos de Carlos II», donde un criminal relata cómo asesinó a su pequeño sobrino para hacerse con su fortuna y colocó después, al recibir a dos visitantes, su silla sobre el lugar donde había escondido el cuerpo. Una de las razones que aduce para su crimen es que no podía mirar al niño a los ojos.

Uno de los relatos más breves de Poe, «El corazón delator» es en apariencia simple, pues en él sólo participan dos personajes principales, que no reciben nombre propio, y tres agentes de policía que carecen de identidad definida; tampoco se concreta el espacio en que se desarrolla la acción y el argumento es altamente esquemático. Y, sin embargo, esta aparente sencillez encierra una compleja recreación de una mente atormentada que ilustra muy bien la técnica y los temas dominantes en la narrativa de Poe. En «El corazón delator» se nos ofrece el estudio de un caso de esquizofrenia, en que el individuo es presa de alucinaciones sensoriales y manía persecutoria obsesiva. Aunque pretendidamente objetivo, el monólogo del anónimo narrador pone al descubierto la extrema subjetividad de su propia percepción. Sus acciones no aparecen motivadas por ningún agente externo, excepto ese «ojo maligno» —seguramente inspirado en la tradición universal del «mal de ojo»— en el que el narrador concentra todos sus instintos destructivos. Es un mundo de tinieblas —verdadero espacio psicológico que recrea las regiones más oscuras de la mente— donde asesino y víctima terminan por identificarse, protagonistas ambos de un drama absurdo donde cada uno desempeña un papel del que no puede escapar. Un ritual de vida y muerte donde los individuos aparecen dominados por fuerzas superiores a ellos, simples marionetas al servicio de una voluntad superior y perversa que parece gobernar a su antojo el destino de los hombres. De poco sirve el esfuerzo supremo de este narrador por hacer prevalecer su razón sobre la irracionalidad de sus actos, de los que él también es víctima impotente.

La caída de la casa Usher

Para muchos críticos, «La caída de la casa Usher» (1839) es el cuento más representativo de Poe, y acaso su mejor relato, porque en él confluyen muchos de los temas y motivos dominantes en la narrativa del escritor, entre los que destacan el análisis del efecto que el miedo obra sobre los personajes, la ambientación del relato en un espacio densamente simbólico, o la parodia del género gótico. Se ha citado como fuente posible la obra *Pasajes del diario de un médico retirado* (1835), del doctor Samuel Warren, donde se narra el caso de una joven que, tras ser víctima de un ataque cataléptico, parece fallecer y es enterrada; posteriormente se desata una tormenta, los personajes creen oír ruidos procedentes de la sepultura y al cabo la joven reaparece cubierta de sangre. En todo caso, y al margen de esa supuesta fuente de inspiración o de otras que se han mencionado, la agobiante atmósfera y el misterio que envuelven «La caída de la casa Usher» ha seducido a lo largo del tiempo a numerosos artis-

Ilustración de Arthur Rackham para «El corazón delator».

tas y escritores, que han adaptado el cuento al teatro, al cine e incluso a la ópera, o han compuesto relatos inspirados en la magistral narración de Poe, como es el caso de Ambrose Bierce, H.P. Lovecraft, Wilkie Collins y Ray Bradbury.

Uno de los mayores logros del cuento es la creación de un espacio simbólico, de connotaciones oníricas, que parece adquirir vida propia y afectar de manera determinante a los personajes. El funesto paisaje exterior (la desolación del lugar, la laguna siniestra, los troncos putrefactos...) encuentra un paralelo en el paisaje interior de la casa, con sus corredores lóbregos, las estancias góticas abarrotadas de objetos sin vida o la terrorífica cripta. Este paralelismo entre paisaje exterior e interior se reproduce en otros elementos del relato. Así, Usher presenta un aspecto externo (el semblante hermoso pero consumido, el cuerpo frágil y los sentidos exacerbados) que se corresponde con las inquietudes de su mente (la curiosidad científica, la sensibilidad artística, la imaginación visionaria o la obsesión por la muerte). A su vez, el personaje encuentra un contrapunto en lady Madeline, su hermana (y quizá también su alma) gemela, al tiempo que su compañera de reclusión. Estas duplicidades se hacen extensivas a la casa, cuyo reflejo en las aguas estancas de la laguna parece impresionar al narrador aún más que la visión del propio edificio. La mansión de los Usher presenta dos niveles: la 'superficie', o parte habitada donde se sitúan las estancias y dormitorios, y los subterráneos que constituyen sus entrañas, aunque la atmósfera opresiva de ambos niveles apenas se diferencie. Por varias alusiones alegóricas colegimos que el edificio es una representación simbólica de la mente de su propietario. En este sentido, sus dos niveles pueden interpretarse como recreación del consciente (la superficie) y el inconsciente humano (la cripta, donde Roderick intenta infructuosamente "enterrar" a Madeline, su *alter ego* femenino). Por otra parte, la casa Usher encuentra su réplica también en el palacio hechizado que da título al poema que recita Roderick, cuyos versos recrean, en clave alegórica, la decadencia del propio personaje. El poema es, así, un reflejo del propio cuento.

Este mismo efecto se repite en las escenas finales, cuando el relato que el narrador está leyendo a su inquieto amigo (significativamente titulado *Tristán el loco*) parece fundirse con la aparición espectral de lady Madeline. El magistral cuento de Poe, por tanto, recrea un mundo de duplicidades y reflejos en el espejo que se prolongan hasta el infinito.

Como en otros cuentos, también aquí nos encontramos con un narrador en primera persona que intenta racionalizar unos sucesos inexplicables que, no obstante, acaban por imponerse a la pretendida objetividad con que se abordan los hechos. En este sentido, el narrador se convierte también en reflejo del propio Roderick, ya que en gran medida experimenta un proceso similar de degradación psicológica. Su testimonio, por ello, no es del todo fiable, además de que, como único superviviente de la tragedia, el narrador se convierte en potencial sospechoso de la destrucción final de la casa y sus propietarios. Desde esta perspectiva, el texto puede leerse como una confesión auto-exculpatoria con la que el amigo de Usher pretende demostrar su inocencia en la muerte de los dos hermanos.

El personaje de Roderick Usher es uno de los más complejos de Edgar Poe y para muchos críticos constituye un autorretrato del propio escritor. En todo caso, de él sabemos que es un artista: pinta, improvisa con la guitarra, escribe poemas. Además, sufre de hiperestesia, o agudización extrema de los sentidos. Su gran curiosidad científica, por otra parte, le lleva a desarrollar toda una teoría sobre la capacidad de sentir que tienen, no sólo los seres vivos, sino incluso los objetos inanimados. Esta teoría, claro eco de la filosofía desarrollada por Poe en su ensayo *Eureka*, convierte a Usher en representante arquetípico del concepto romántico del artista, encerrado en un mundo autosuficiente y hermético, como el que recrean los cuadros que pinta o la música que compone; un mundo donde todos los elementos están relacionados entre sí y forman un organismo complejo del que los humanos no son sino una parte. Esa perfecta simbiosis no sólo explica los abundantes paralelismos y duplicidades que hemos analizado, sino el propio desenlace del relato, en que la enfermedad y la muerte de una de las piezas del conjunto (lady Madeline) acarrea el fallecimiento de Roderick (al fin y al cabo, su *alter ego*) y el derrumbe de la casa. Quizá por ello, sólo el narrador sobreviva a la hecatombe final de ese mundo del que él no llega a formar parte.

El verdadero horror de este cuento no reside tanto en la ornamentación gótica y el ambiente tétrico que lo impregna todo, como en el espanto que nos produce comprender que Roderick Usher es capaz de mantener enterrada viva durante largos días a su propia hermana. A pesar de haber comprendido desde muy pronto la atrocidad de ese entierro prematuro, Usher se muestra incapaz de actuar, paralizado por fuerzas más allá de la razón, cuyas raíces últimas se encuentran en el terror. Es, por tanto, la complejidad psicológica del ser humano, ese caos de luces y sombras en que a veces se convierte nuestra mente, el origen del verdadero miedo que «La caída de la casa Usher» —como otros cuentos de Poe— infunde en el lector. Y es que, como ya escribió Francisco de Goya, «el sueño de la razón produce monstruos». Son esas criaturas monstruosas, nacidas de los recovecos más insondables del cerebro, las que persiguieron a Edgar Poe durante su vida y fueron quizá la fuente de sus irrepetibles creaciones literarias.

EL GATO NEGRO

Y OTROS CUENTOS DE HORROR

El gato negro

No pido ni espero que crean el suceso, atroz como ninguno, aunque al tiempo tan doméstico, que voy ahora a relatar. Loco estaría yo, ciertamente, si lo esperara, cuando hasta mis propios sentidos rechazan lo que perciben. Loco no estoy, sin embargo, y desde luego no estoy soñando. Pero mañana voy a morir, y quisiera descargar hoy mi conciencia. Lo que me propongo es exponer sin más ante el mundo, con toda sencillez, sucintamente[1] y sin comentarios, una serie de hechos meramente familiares. Son sus consecuencias las que me han aterrorizado, torturado, destruido. Intentaré, no obstante, detallarlos. A mí sólo me han aportado terror: a más de uno le parecerán más curiosos que terribles. Es posible, quizá, que con el tiempo algún intelectual dé una explicación trivial a mis fantasmas: alguien con una mente más tranquila, más lógica y mucho menos excita-

1 *sucintamente*: brevemente.

ble que la mía, que sólo vea en las circunstancias que yo detallo con espanto una sucesión ordinaria de causas y efectos muy naturales.

En mi infancia se me conocía por mi carácter dócil y bondadoso. Era tan llamativa la ternura de mi corazón que me convertí en el hazmerreír de mis compañeros. Sentía una particular atracción por los animales, de los que mis padres me permitieron tener en casa una amplia variedad. Con ellos pasaba casi todo el tiempo, y nunca era más feliz que cuando les daba de comer y los acariciaba. Esta peculiaridad de mi carácter creció conmigo y, ya de adulto, fue una de mis fuentes principales de placer. A quienes han cuidado con afecto a un perro fiel y sagaz apenas si necesito explicarles la naturaleza o la intensidad de la satisfacción que uno obtiene. Algo hay en el amor desinteresado y abnegado de un animal que llega directamente al corazón de quien con harta frecuencia ha comprobado la amistad mezquina y la muy frágil fidelidad de las propias personas.

Me casé joven, y fui muy feliz al descubrir en mi esposa inclinaciones nada diferentes de las mías. Al ver mi afición por los animales, no perdía ocasión de hacerse con los más agradables. Teníamos pájaros, peces de colores, un buen perro, conejos, un mono pequeño y un gato.

Este último era un animal de belleza y tamaño notables, todo negro, y de una astucia sorprendente. Al hablar de su inteligencia, mi esposa, que en el fondo conservaba ciertos tintes de superstición, aludía con frecuencia a la antigua creencia popular que en todos los gatos negros veía brujas disfrazadas.[1] No es que se lo to-

1 En la Edad Media se creía que los gatos negros eran personificación de Satán, por lo que a menudo se relacionaban con la brujería. Quizá por eso Poe había escrito en un artículo de 1840 («Instinto y razón») que «los gatos negros son todos brujas». En el antiguo Egipto, por otro lado, se consideraba animales sagrados a los gatos, y matarlos podía acarrear la pena de muerte.

mara nunca en serio: sólo saco el tema a colación[2] porque por casualidad acabo de recordarlo.

Plutón,[2] que así se llamaba el gato, era mi compañero favorito. Sólo yo le daba de comer, y él me seguía por toda la casa. Hasta me costaba trabajo conseguir que no me siguiera por la calle.

Nuestra amistad siguió así varios años, en los que, por intervención del demonio de la intemperancia[3] (vergüenza me da confesarlo), mi temperamento y mi carácter sufrieron en general un cambio radical, para peor. Estaba cada día más taciturno, más irritable, más indiferente a los sentimientos de los demás. Me atreví a utilizar un lenguaje grosero con mi esposa. Hasta llegué con el tiempo a maltratarla físicamente. Los animales, lógicamente, también sufrieron las consecuencias de este cambio en mi carácter. No sólo los descuidé, también los maltraté. Por Plutón sentía, no obstante, suficiente aprecio como para refrenar con él mi violencia, cosa que no tenía escrúpulos de hacer con los conejos, el mono e incluso el perro cuando por casualidad o por afecto se cruzaban conmigo. Pero la enfermedad se adueñó de mí (¡y qué enfermedad es el alcohol!) y a la larga incluso Plutón, que se estaba volviendo viejo y por ello algo irritable, incluso Plutón comenzó a sentir los efectos de mi mal genio.

De vuelta a casa una noche tras una de mis correrías por la ciudad, y bastante bebido, se me antojó que el ga-

2 *sacar a colación*: mencionar un tema.

2 Derivado del griego *plutos* ('riqueza'), Plutón es el nombre dado al dios romano de los infiernos o el interior de la tierra, por las riquezas en él encerradas. Equivale en la mitología griega al dios Hades. El nombre del gato tiene, por su asociación con el infierno y la brujería, un evidente valor simbólico.

3 *Intemperancia* vale por 'incontinencia, falta de moderación', que en este contexto se refiere a la 'tendencia al abuso del alcohol, alcoholismo'. Hay en ello un rasgo biográfico del autor.

to me evitaba. Lo agarré y, asustado por mi violencia, me dio un pequeño mordisco en la mano. La furia de un demonio se apoderó de mí. Ya no era yo. El alma de siempre pareció abandonarme de pronto y una maldad más que demoníaca, nutrida de ginebra, sacudió las fibras todas de mi ser. Saqué del bolsillo del chaleco una navaja, la abrí, agarré al pobre animal por el pescuezo ¡y muy adrede le vacié un ojo! Me sonroja, me consume, me estremece detallar esta execrable[3] atrocidad.

Cuando con la mañana recobré la razón, dormidos ya los vapores de la orgía nocturna, experimenté una sensación mitad de horror, mitad de remordimiento, por mi culpa en tamaña brutalidad; pero fue a lo sumo un sentimiento leve y equívoco, que ni siquiera me rozó el alma. Volví a sumergirme en los excesos y pronto ahogué en vino todo recuerdo de aquella hazaña.

Mientras tanto, el gato se recuperó lentamente. La cuenca del ojo perdido presentaba, es cierto, un aspecto deplorable,[4] pero ya no parecía dolerle. Deambulaba como antes por la casa, pero, como era de esperar, huía aterrorizado cuando yo me acercaba. Me quedaba el suficiente corazón como para sentirme herido al principio por este evidente rechazo de una criatura que antes me había tenido tanto afecto. Pero este sentimiento pronto dio paso a la irritación. Y luego, como disponiendo mi caída final e irrevocable, apareció el instinto de la perversidad. La filosofía no se ocupa de este instinto. Pero menos seguro estoy de la existencia de mi alma que de que la perversidad es uno de los impulsos primitivos del corazón humano, una de las facultades o sentimientos primarios e indivisibles que dirigen el carácter del hombre. ¿Quién no se ha encontrado, cientos de veces, come-

3 *execrable*: despreciable, abominable.
4 *deplorable*: lastimoso, lamentable.

tiendo una acción vil o estúpida, sin más motivo que saber que no debe hacerla? ¿No estamos continuamente inclinados, en pleno uso de nuestra razón, a violar lo que constituye la Ley, por el mero hecho de ser la Ley? El instinto de la perversidad, repito, acabó de hundirme. Fue este insondable anhelo del alma por vejarse[5] a sí misma, por violentar su propia naturaleza, por hacer el mal sólo porque sí, lo que me impulsó a continuar y finalmente consumar el daño que había infligido al inofensivo animal. Una mañana, a sangre fría, le deslicé un lazo alrededor del cuello y lo colgué de la rama de un árbol: lo colgué con lágrimas en los ojos y con el más amargo de los remordimientos en el corazón; lo colgué porque sabía que me había tenido afecto, y porque sabía que en nada me había ofendido; lo colgué porque sabía que al hacerlo estaba cometiendo un pecado, un grave pecado que haría peligrar mi alma inmortal hasta colocarla, si tal cosa fuera posible, más allá incluso del alcance de la misericordia infinita del Dios más misericordioso y terrible.

El mismo día en que se cometió este hecho cruel, me despertaron por la noche unos gritos de fuego. Las cortinas de la cama estaban ardiendo. Toda la casa estaba en llamas. Con mucha dificultad pudimos escapar de aquel infierno mi mujer, un criado y yo. La destrucción fue total. Todas mis posesiones quedaron devoradas, y a partir de entonces me resigné a la desesperación.

Lejos de mí la debilidad de querer establecer una secuencia de causa y efecto entre este desastre y mi atrocidad. Pero estoy detallando una cadena de incidentes y no deseo dejar suelto ni siquiera un posible eslabón. Al día siguiente del incendio visité las ruinas. Las paredes,

5 *insondable*: que no se puede averiguar; *vejar*: maltratar, perjudicar.

todas salvo una, se habían derrumbado. La excepción era un tabique no muy ancho que se alzaba en el centro de la casa, y contra el que se apoyaba la cabecera de mi cama. Casi todo el enlucido[6] había resistido allí la acción del fuego, lo que atribuí a que había sido recientemente revocado. Alrededor de esta pared se hallaba reunida mucha gente, que parecía estar examinando con minucioso detalle una parte muy concreta. Las expresiones «¡qué extraño!», «¡qué curioso!» y otras similares excitaron mi curiosidad. Me acerqué y vi, como grabada en bajorrelieve[7] sobre la superficie blanca, la figura de un gato gigantesco. La imagen era de una precisión verdaderamente asombrosa. El animal tenía una soga alrededor del cuello.

Cuando vi por primera vez la aparición (pues apenas podría llamarla de otro modo), mi asombro y terror no tuvieron límites. Pero al cabo la sensatez acudió en mi ayuda. El gato, recordé, quedó colgado en un jardín adyacente a la casa. A los gritos de fuego, la gente había invadido inmediatamente el jardín: alguien debió de cortar la cuerda del árbol y arrojar el gato por la ventana de mi dormitorio, quizá con la intención de despertarme. La caída de otras paredes había aplastado a la víctima de mi crueldad contra el yeso recién extendido; y la cal, junto con las llamas y el amoniaco[8] del cadáver, habían grabado el retrato que yo veía.

Aunque pronto justifiqué ante la razón, no así ante mi conciencia, el hecho asombroso que acabo de deta-

---

6 *enlucido*: capa de yeso o estuco con que se blanquea y se alisa una pared; *enlucir* es sinónimo del término que aparece poco después, *revocar*, aunque la acción en este último caso suele realizarse en una pared exterior.

7 *bajorrelieve*: figura esculpida o labrada sobre una pared, de la que sobresale muy poco.

8 *amoniaco*: gas procedente de la descomposición bacteriana de las proteínas.

llar, no por ello dejó de ejercer una impresión profunda en mi imaginación. Durante meses fui incapaz de librarme del fantasma del gato; y durante ese tiempo se reinstaló en mi espíritu un cierto regusto que parecía remordimiento, aunque no lo era. Llegué incluso a lamentar la pérdida del animal, y a buscar, por los antros[9] de perdición que ahora frecuentaba, otro gato de la misma especie, y parecido a él, que lo sustituyera.

Una noche estaba yo sentado, medio ebrio, en un tugurio más que infame,[10] cuando de pronto me llamó la atención un objeto negro en lo alto de uno de los enormes barriles de ginebra o de ron que constituían casi todo el mobiliario del lugar. Llevaba unos minutos contemplando fijamente el tonel, y lo que entonces me sorprendió fue no haber reparado antes en aquel obje-

9 *antro*: local de mala reputación.
10 *ebrio*: borracho; *tugurio*: establecimiento pobre y miserable; *infame*: vil, sin honra.

to. Me acerqué y lo toqué. Era un gato negro, muy grande, tan grande como Plutón, y muy parecido a él en todo salvo en un detalle. Plutón no tenía en todo el cuerpo ni un solo pelo blanco: este gato, sin embargo, tenía una gran mancha blanca, aunque imprecisa, que le cubría casi todo el pecho.

Al tocarlo, se levantó de inmediato con un fuerte ronroneo, se frotó contra mi mano, y pareció encantado con mi atención. Ésta era, pues, la mismísima criatura que yo estaba buscando. Al momento le propuse al tabernero comprárselo, pero dijo que no era suyo, que no sabía nada, que nunca antes lo había visto.

Seguí acariciándolo y, cuando ya me iba a marchar, el animal se mostró dispuesto a acompañarme. Le dejé que lo hiciera, y de camino me inclinaba de vez en cuando para acariciarlo. Cuando llegué a casa se acostumbró en seguida, y muy pronto se ganó todo el favor de mi esposa.

Por mi parte, no tardé en sentir un incipiente[11] desagrado hacia él. Era justo lo contrario de lo que había imaginado: ignoro cómo o por qué su evidente afecto más bien me molestaba y enojaba. Poco a poco estos sentimientos de disgusto y enojo alcanzaron la amargura del odio. Evitaba a la criatura; cierto sentimiento de vergüenza y el recuerdo de mi anterior crueldad impedían que lo maltratara. Durante semanas no lo golpeé ni lo maltraté en modo alguno; pero gradualmente, muy gradualmente, llegué a mirar al animal con una aversión indecible[12] y a huir en silencio de su odiosa presencia como del hedor[13] de la peste.

Lo que, sin duda, acrecentó mi odio fue descubrir, a la mañana siguiente de traerlo a casa, que, como a Plu-

11 *incipiente*: que empieza, naciente.
12 *aversión indecible*: aborrecimiento extraordinario, inexpresable.
13 *hedor*: olor pestilente, insoportable.

tón, también a él le faltaba un ojo. Pero precisamente esta circunstancia le ganó el afecto de mi esposa que, como ya he mencionado, poseía en alto grado ese mismo sentimiento humanitario que antes me había caracterizado, a menudo fuente del gozo más puro y más ingenuo.

A pesar de mi aversión por el gato, su predilección por mí parecía ir a más. Seguía mis pasos con una insistencia que me sería difícil hacerle entender al lector. Allí donde me sentaba, se acurrucaba bajo la silla o me saltaba a las rodillas, prodigándome[14] repugnantes caricias. Si me levantaba, se cruzaba al paso y casi me hacía caer, o me clavaba en la ropa las uñas largas y afiladas y se me subía así hasta el pecho. En esos momentos, sin embargo, aunque habría acabado con él de un puñetazo, me refrenaba en parte el recuerdo de mi crimen anterior, pero sobre todo (lo confieso abiertamente) el miedo cerval[15] al animal.

No era éste un miedo al daño físico, y, sin embargo, soy incapaz de definirlo de otro modo. Casi me avergüenza admitir, sí, hasta en esta celda de convicto,[16] casi me avergüenza admitir que el terror y el horror que el animal me inspiraba se vieron acrecentados por una de las pesadillas más elementales que uno pueda imaginar. Mi esposa me había hecho notar más de una vez la mancha de pelo blanco de la que ya he hablado, y que constituía la única diferencia aparente entre esta extraña bestia y la que yo había ahorcado. El lector recordará que esta marca, aunque grande, tenía al principio una forma muy imprecisa; pero muy poco a poco, casi imperceptiblemente, cosa que mi razón se esforzó mucho tiempo en descartar como algo imaginario, había acabado por ofre-

14 *prodigar*: dar con abundancia.
15 *miedo cerval*: miedo muy grande (*cerval* es derivado de *ciervo*).
16 *convicto*: condenado.

cer unos contornos bien nítidos. Era ahora la imagen de algo que me estremezco al nombrar, algo por lo que sobre todo aborrecía al monstruo, y lo temía, y me habría librado de él si me hubiera atrevido, la imagen, decía, de algo monstruoso, terrible, ¡la imagen del patíbulo![17] ¡Oh, máquina lúgubre y terrible de Horror y Crimen, de Agonía y Muerte!

Y ahora, ciertamente, mi aflicción[18] iba más allá de la aflicción de cualquier ser humano: ¡que una simple bestia, cuyo congénere[19] había aniquilado yo con desdén, que una simple bestia me causara a mí, un hombre, modelado a imagen del Altísimo,[4] tanta y tan insoportable aflicción! ¡Ay, ni de día ni de noche he vuelto a sentir la bendición del Sueño! ¡Durante el día la criatura no se separaba un instante de mí; de noche, hora tras hora, me despertaban pesadillas innombrables, y sentía en mi rostro el cálido aliento de aquella cosa, y su peso atroz, la encarnación de una pesadilla de la que era incapaz de escapar, perenne sobre mi corazón!

Bajo la presión de tormentos tales, sucumbió el débil residuo de bondad que aún me quedaba. Pensamientos perversos fueron mi única compañía, los más perversos y siniestros pensamientos. La melancolía habitual de mi carácter se tornó en odio hacia todo y hacia todos; mientras tanto, mi sufrida esposa, ¡ay!, se convirtió en el blanco más frecuente y sumiso de los arrebatos de ira, súbitos,[20] repetidos e incontrolados, a los que ahora ciegamente me abandonaba.

---

17 *patíbulo*: cadalso, tablado donde se ajusticia a los condenados a la pena de muerte.
18 *aflicción*: sufrimiento, angustia, pesadumbre.
19 *congénere*: del mismo género y clase.
20 *súbito*: repentino.

4 La frase procede de la Biblia: «Dios creó al ser humano a imagen suya» (Génesis, 1, 27).

Un día ella me acompañó, por cierto asunto de la casa, al sótano del viejo edificio en que nuestra pobreza nos obligaba a vivir. El gato me siguió por la empinada escalera y a punto estuvo de hacerme caer, lo que me sacó de quicio. Alzando un hacha y olvidándome en mi rabia del miedo infantil que hasta entonces me había contenido, lancé un golpe al animal que, desde luego, habría sido fatal de haber acertado donde yo pretendía. Pero la mano de mi esposa detuvo el golpe. La intromisión me provocó una furia más que demoníaca, logré zafarme de su mano y le hundí el hacha en el cráneo. Mi esposa cayó muerta allí mismo, sin un gemido.

Ejecutado este odioso crimen, me entregué con toda premeditación a la tarea de esconder el cuerpo. Sabía que ni de día ni de noche podía sacarlo de la casa sin correr el riesgo de que me vieran los vecinos. Muchas ideas me cruzaron la cabeza. Por un momento pensé en cortar el cadáver en trozos minúsculos y quemarlos. Luego decidí cavar una fosa en el suelo del sótano. Después pensé en tirarlo al pozo del jardín, o meterlo en un cajón como si fuera una mercancía común y corriente, y hacer que así se lo llevaran de la casa. Por fin di con lo que me pareció una solución mucho mejor que cualquiera de éstas: decidí emparedarla en el sótano, como cuentan que los monjes medievales emparedaban a sus víctimas.[5]

El sótano era lugar idóneo para tal fin. Los muros eran poco sólidos y no hacía mucho que los habían revocado con yeso basto, que no había secado aún por la humedad del ambiente. Además, una de las paredes presentaba un saliente, debido a una falsa chimenea, rellenado ahora para igualarlo con el resto del sótano. Estaba

5 Este dato procede probablemente de *Marmion* (1808), obra del escritor romántico escocés Sir Walter Scott en que se dice que los pecadores de las órdenes religiosas eran a veces emparedados durante la Edad Media.

seguro de poder desmontar allí fácilmente los ladrillos, meter el cadáver y volver a dejarlo todo como estaba, de modo que nadie detectara nada sospechoso.

Y no me equivoqué en el cálculo. Con ayuda de una palanca no me costó desmontar los ladrillos, apoyé cuidadosamente el cadáver contra el muro interior y en esa posición lo dejé mientras sin mayores problemas volvía a levantar una estructura idéntica a la original. Con toda clase de precauciones me había procurado argamasa, arena, y estopa[21] y preparé un enlucido que no se distinguía del anterior y con el que con todo cuidado reconstruí la pared. Una vez terminada, me sentí satisfecho del resultado. El muro no presentaba rastro alguno de haber sido alterado. Recogí del suelo los restos con minucioso cuidado. Miré pletórico[22] a mi alrededor y me dije:

—Aquí por lo menos no he trabajado en vano.

El paso siguiente fue buscar a la alimaña que había causado tanto infortunio, porque al final había tomado la firme decisión de darle muerte. De haber dado entonces con el gato, su destino estaba asegurado; pero parecía que el astuto animal, asustado por la violencia de mi anterior arrebato, evitaba acercarse mientras durara mi malhumor. Es imposible describir, o imaginar, el profundo, el dichoso sentimiento de alivio que la ausencia de la odiosa criatura me producía. No se dejó ver durante la noche y así, al menos una noche desde que entró en casa, dormí tranquila y profundamente, ¡ay, dormí incluso con el peso del asesinato sobre mi conciencia!

Pasó el segundo día, y el tercero, y mi torturador seguía ausente. Volví a respirar como un hombre libre. ¡Aterrorizado, el monstruo había dejado definitivamente

21 *argamasa*: masa compuesta de cal, arena y agua; *estopa*: parte basta del lino o cáñamo.

22 *pletórico*: 'que tiene abundancia de algo'; pero aquí, 'muy satisfecho'.

la casa! ¡No iba a verlo más! ¡Mi dicha era total! Poco me remordía la negrura de mi crimen. Hubo preguntas, que fueron al punto contestadas. Se organizó incluso una búsqueda, que por supuesto fue infructuosa. Yo daba por segura mi felicidad futura.

Cuatro días después del asesinato la policía vino inesperadamente a casa, y volvió a registrarla minuciosamente. Pero seguro como estaba de la imposibilidad de dar con el escondrijo, no me sentí en absoluto desconcertado. La policía me pidió que les acompañara en el registro. Miraron hasta debajo de las piedras. Al cabo, bajaron al sótano por tercera o cuarta vez. No moví un solo músculo. El corazón me latía pausado como el de quien duerme inocentemente. Paseaba de un lado a otro por el sótano. Crucé los brazos mientras me movía con naturalidad. La policía quedó totalmente satisfecha y ya se disponía a salir. La euforia de mi corazón era tal que no podía refrenarla. Ardía en deseos de decir al menos una palabra, como muestra de triunfo, y convencerles doblemente de mi inocencia.

—Señores —dije al fin, mientras subían las escaleras—, me alegro de haber disipado sus dudas. Espero que les vaya bien, y que sean algo más corteses. A propósito, señores, ésta..., ésta es una casa sólida (en mi incontenible deseo de parecer natural, hablaba sin apenas saber lo que decía), diría que es una casa muy sólida. Estos muros, ¿se van ya?, estos muros están bien construidos...

Y en ese momento, en un delirio de jactancia,[23] di repetidos golpes con un bastón que tenía en la mano en el mismísimo lugar de la pared que escondía el cadáver de mi esposa.

23 *jactancia*: alabancia propia y presuntuosa.

¡Que Dios me proteja y me libre de las fauces de Satanás! No se había apagado aún el eco de mis golpes cuando una voz me contestó desde la tumba..., un gemido, al principio sordo y entrecortado como el llanto de un niño, que al poco se tornó fuerte y sostenido, un grito continuo, de todo punto inhumano y anómalo..., un aullido, un alarido plañidero,[24] medio de horror y medio de triunfo, como sólo en el infierno podría salir de las gargantas agónicas de los condenados y de los demonios que en esa condena se regocijan.

No tiene sentido que hable ahora de lo que entonces pensé. Aturdido, me tambaleé hacia el muro opuesto. De puro terror y asombro, el grupo que subía se quedó paralizado un instante. Pero al momento siguiente una do-

24 *plañidero*: lloroso, lastimero.

cena de brazos robustos picaban ya la pared. Se derrumbó entera. A la vista de los presentes apareció el cadáver, todavía en pie, sanguinolento y en avanzado estado de corrupción. Sobre su cabeza, abierta la boca roja y solitario el ojo de fuego, se sentaba la terrible bestia cuyas artimañas me habían inducido al asesinato y cuya voz delatora me entregaba ahora al verdugo. ¡Yo mismo había emparedado al monstruo en aquella sepultura!

El caso de Mr. Valdemar

Desde luego que no me ha cogido por sorpresa la polémica levantada por el extraordinario caso de Mr. Valdemar. De no ser así, habría sido un milagro, sobre todo dadas las circunstancias. Precisamente por el deseo de todos los implicados de no dar publicidad al asunto, al menos por un tiempo, o hasta que tuviéramos la oportunidad de investigar más a fondo; precisamente por nuestros esfuerzos para que así fuera, se filtró a la opinión pública una versión desvirtuada y exagerada, convertida en fuente de muchas interpretaciones molestas y, lógicamente, de considerable incredulidad.

Resulta obligado que yo exponga ahora los hechos, hasta donde yo mismo llego a comprenderlos. Lo que sigue es una relación sucinta de los mismos.

Durante los últimos tres años yo me había sentido muy atraído por las teorías de Mesmer[1] sobre el hipnotis-

1 Franz Anton Mesmer (1734-1815), médico alemán conocido por sus investigaciones en el campo de la hipnosis y su aplicación en la medicina, cuyas

mo; y hace unos nueve meses se me ocurrió, de pronto, que en la serie de experimentos hasta entonces llevados a cabo se advertía una omisión muy notable y absolutamente injustificable: todavía no se había hipnotizado a nadie *in articulo mortis*.[1] Quedaban por comprobar, pues, varias cosas: si en tal estado el paciente respondía de alguna manera a la influencia magnética;[2] y, de ser así, si dicha respuesta se veía disminuida o potenciada por su estado; y hasta qué punto además, o durante cuánto tiempo, este proceso podía detener el avance de la Muerte. Había otros detalles pendientes de comprobación, pero eran éstos los que más atraían mi curiosidad, sobre todo el último, dado el enorme alcance de sus consecuencias.

Considerando con quién de mi entorno podría yo analizar estas cuestiones, di en pensar en mi amigo Mr. Ernest Valdemar, el famoso compilador de la Bibliotheca Forensica[3] y autor (bajo el seudónimo de Issachar[4] Marx) de las traducciones al polaco de *Wallenstein* y *Gargantúa*.[5] Mr. Valdemar, que desde 1839 había vivido casi

1 *in articulo mortis*: expresión latina que significa 'al borde de la muerte'.

teorías fueron muy populares y muy discutidas en su tiempo (véase la «Introducción», p. XXIX). Sigmund Freud (1856-1939), iniciador del psicoanálisis, aprendió la técnica de la hipnosis de su profesor Jean Martin Charcot (1825-1893), quien a su vez la había recuperado para la medicina después del gran desprestigio en que había caído a manos de videntes y charlatanes.

2 'Influencia hipnótica'. Mesmer utiliza en sus escritos el término *magnetismo animal* para referirse a esta influencia, comparable a la que ejerce el imán.

3 No ha existido tal «Bibliotheca Forensica». Se trata de un recurso, frecuente en el autor, para dar mayor verosimilitud al relato.

4 Isacar es el nombre de un personaje bíblico a quien su padre, Jacob, llama «borrico corpulento [...] que ofrece su lomo a la carga y termina sometiéndose al trabajo» (Génesis, 49,14). Poe, que quizá tomó como modelo para Valdemar a Piero Maroncelli, traductor del italiano que murió tras larga enfermedad en 1846, persigue una intención humorística atribuyéndole el seudónimo de Isacar.

5 *Wallenstein* es una trilogía dramática (1799) del escritor alemán Johann Friedrich von Schiller (1759-1805), basada en la Guerra de los Treinta Años. *Gargantúa* (1532), obra del francés François Rabelais (1490-1553), es una colección de leyendas sobre el gigante que da título al libro. Poe opinaba que ambas obras eran muy pesadas.

siempre en Harlem,[6] Nueva York, es (o era) particularmente notable por su extremada delgadez: sus piernas se parecían mucho a las de John Randolph,[7] al igual que la blancura de sus patillas, en abierto contraste con su pelo negro, que casi todos, consecuentemente, confundían con una peluca. Su temperamento muy nervioso lo convertía en un buen sujeto para experimentos de hipnotismo. Dos o tres veces lo había dormido con bastante facilidad, pero me defraudaron otros resultados que, dada su peculiar constitución, yo ya había previsto. Nunca tuve su voluntad bajo control completo y absoluto, y respecto a la clarividencia,[8] no conseguí con él ningún resultado fiable. Siempre atribuí estos fracasos míos a lo precario de su salud. Meses antes de que nos conociéramos, los médicos le habían diagnosticado tuberculosis pulmonar. Solía, ciertamente, hablar con calma de su cercano final como algo que no había que evitar ni lamentar.

Cuando por primera vez se me ocurrió la idea a que he aludido, era bien natural que reparara en Mr. Valdemar. Desde hacía tiempo conocía yo demasiado bien su forma de pensar y sabía que él no pondría reparos; además, no tenía parientes en América que pudieran intervenir. Le expliqué en detalle el plan y, para mi sorpresa, pareció interesarle enormemente. Y digo que para mi sorpresa porque, aunque siempre se había prestado de

6 En la actualidad, barrio de Nueva York. En tiempos de Poe, población independiente de carácter rural.

7 John Randolph (1773-1833), virginiano y congresista que se definía a sí mismo: «Soy aristócrata. Amo la libertad. La igualdad me repele». En sus últimos años fue un personaje excéntrico, víctima de frecuentes accesos de demencia.

8 Poe se refiere aquí a la capacidad que tiene el individuo sometido al estado hipnótico de percibir y comprender cabalmente una realidad que nuestros sentidos, en estado de vigilia, son incapaces de captar. Este tema lo desarrolló Poe en el cuento «Revelación magnética». Véase a este propósito la «Introducción» (p. XXX).

buen grado a mis experimentos, nunca antes había mostrado particular interés por lo que yo hacía. Tal era la naturaleza de su enfermedad que permitía calcular con exactitud cuándo le sobrevendría la muerte: así que llegamos al acuerdo de que me llamaría veinticuatro horas antes del momento señalado por los médicos.

Hace más de siete meses que recibí del propio Valdemar la siguiente nota:

> Estimado P.:
>
> Ya puede venir. Tanto D. como F.[9] opinan que no pasaré de la medianoche de mañana, y creo que su cálculo es muy certero.
>
> Valdemar.

Recibí la nota a la media hora de haberse escrito y un cuarto de hora después ya estaba yo en la habitación del moribundo. Llevaba diez días sin verle y me impresionó el tremendo deterioro que en ese tiempo había sufrido. Su rostro tenía un tinte plomizo, no había el menor brillo en sus ojos y la delgadez era tan acusada que la piel aparecía quebrada sobre los pómulos. Expectoraba[2] en exceso. El pulso era apenas perceptible. Sin embargo, mantenía de forma muy notable tanto su lucidez como una cierta fuerza física. Hablaba con claridad, tomaba sin ayuda algún que otro paliativo[3] y, cuando yo entré, estaba recostado en la cama sobre unas almohadas, escribiendo notas en un cuaderno. Con él se hallaban los doctores D. y F.

---

2 *expectorar*: toser arrancando y expulsando por la boca la mucosidad que se deposita en las vías respiratorias o los bronquios.

3 *paliativo*: remedio para aliviar el dolor.

9 Se ha querido ver en estas siglas una alusión a personajes reales: así, P. sería el propio escritor, F. el Dr. John W. Francis, presidente de la Academia de Medicina y médico de Poe, y D. el Dr. John W. Draper, un famoso catedrático de Medicina de la Universidad de Nueva York.

Después de estrechar la mano de Valdemar, hablé aparte con los dos médicos, que me detallaron el estado del paciente. El pulmón izquierdo llevaba dieciocho meses en estado semióseo o cartilaginoso y no podía desempeñar ya, desde luego, su función vital. La parte superior del derecho estaba parcial o quizá totalmente osificada, mientras que la parte inferior era sólo un amasijo de tubérculos purulentos,[4] que incluso se solapaban entre sí. Había varias perforaciones importantes y una parte del pulmón estaba definitivamente adherida a las costillas. Estas alteraciones del lóbulo[5] derecho eran relativamente recientes. El proceso de osificación se estaba produciendo con inusitada rapidez: un mes antes no había el menor síntoma y hacía sólo tres días que se habían observado las adherencias. Además de la tuberculosis, sospechaban que el paciente tenía un aneurisma de aorta;[6] pero los síntomas óseos hacían imposible un diagnóstico exacto. Los dos médicos opinaban que Mr. Valdemar moriría hacia la medianoche del día siguiente, domingo. Eran entonces la siete de la tarde del sábado.

Al apartarse de la cama del enfermo para hablar conmigo, los doctores D. y F. se despidieron de él para siempre. No habían pensado volver, pero, a petición mía, aceptaron venir a verle al día siguiente, hacia las diez de la noche.

Cuando se marcharon, Mr. Valdemar y yo hablamos abiertamente de su cercano final y, más en particular, del experimento propuesto. Él seguía muy dispuesto a llevarlo a cabo, incluso estaba ansioso, y me insistía para que lo empezara ya. Estaban también con él un enferme-

4 *tubérculos purulentos*: masa blanquecina y llena de pus que se forma en los pulmones y que caracteriza a la tuberculosis.
5 *lóbulo*: cada una de las tres partes en que se divide el pulmón.
6 *aneurisma de aorta*: dilatación anormal de la arteria aorta.

ro y una enfermera, pero yo no me sentía con plena libertad para acometer una tarea como aquélla sin testigos más fiables que estas dos personas, en caso de que se produjera un accidente. Pospuse todo, pues, hasta las ocho de la tarde del día siguiente, cuando llegó un estudiante de medicina con el que mantenía cierta amistad (Mr. Theodore L.), lo que mitigó[7] todos mis reparos. Mi idea inicial había sido esperar a los médicos, pero me decidí a empezar, primero por la insistencia del propio Mr. Valdemar, y en segundo lugar porque estaba convencido de que no había tiempo que perder, pues era evidente que se consumía con rapidez.

A petición mía, Mr. L. accedió amablemente a anotar cuanto ocurriera, y de sus notas, a veces resumidas, otras al pie de la letra, procede todo lo que sigue.

Serían las ocho menos cinco cuando, cogiendo la mano del paciente, le pedí que claramente manifestara a Mr. L. su decidida voluntad de que yo llevara a cabo el experimento de hipnotizarlo en aquel estado.

Su respuesta fue débil, pero perceptible:

—Sí, deseo que me hipnotice —y añadió de inmediato—: Me temo que se ha demorado demasiado.

Mientras decía estas palabras, comencé a hacer los pases[8] que, según ya había comprobado, resultaban en su caso más efectivos. Se notó enseguida el efecto del primer pase lateral por su frente; pero, aunque puse en juego todos mis poderes, no conseguí ningún otro efecto perceptible hasta después de las diez, cuando llegaron los doctores D. y F., como habíamos acordado. Les expliqué en pocas palabras mis intenciones y, como nada objetaron, dado que el paciente ya agonizaba, continué sin

7 *mitigar*: aliviar, aplacar.

8 *pases*: se refiere a los movimientos de la mano necesarios para hipnotizar a un individuo.

más titubeos. Sustituí, no obstante, los pases laterales por otros verticales, y dirigí la mirada directamente al ojo derecho del enfermo.

Para entonces el pulso era ya imperceptible y respiraba entre estertores[9] a intervalos de medio minuto.

Todo siguió casi igual durante un cuarto de hora más. Pero, al cabo, del pecho del moribundo surgió un suspiro natural, aunque muy profundo, y cesaron los estertores, que no volvimos a oír. No cambió el ritmo de la respiración. El paciente tenía las manos y los pies fríos como el hielo.

A las once menos cinco advertí signos inequívocos de la influencia hipnótica. La mirada vidriosa y extraviada adquirió esa expresión desasosegada de examen interior que sólo se ve en personas hipnotizadas, y que resulta inconfundible. Unos pocos y rápidos pases laterales le hicieron parpadear, como si tuviera sueño, y con unos cuantos más los párpados se le acabaron de cerrar. No me di por satisfecho, sin embargo, y repetí incesantemente los pases, aplicando mi voluntad a fondo hasta lograr que todos sus miembros quedaran rígidos y en una posición aparentemente cómoda: las piernas estiradas, y también los brazos, que descansaban sobre la cama algo separados de los costados; la cabeza, ligeramente erguida.

Era más de media noche cuando terminé y pedí a los presentes que examinaran el estado de Mr. Valdemar. Después de algunas comprobaciones, admitieron que se hallaba en un profundo trance hipnótico nada común. El interés de ambos médicos se avivó considerablemente. El Dr. D. decidió entonces quedarse toda la noche con el paciente, mientras que el Dr. F. se retiró con la promesa

9 *estertor*: respiración que produce un sonido ronco o sibilante, propio de la agonía.

de estar de vuelta al amanecer. También se quedaron el enfermero, la enfermera y Mr. L.

Dejamos descansar a Mr. Valdemar hasta cerca de las tres. A esa hora me acerqué a él y comprobé que su estado era el mismo que al marchar el Dr. F.: yacía en la misma posición, el pulso imperceptible, la respiración tranquila (apenas apreciable a menos que se le acercara a los labios un espejo), los párpados cerrados con naturalidad y las extremidades tan rígidas y tan frías como el mármol. Con todo, el aspecto general no era el de la muerte.

Al acercarme a Mr. Valdemar, con un gesto apenas insinuado traté de que su brazo derecho siguiera al mío, pasando luego éste con suavidad por encima de su cuerpo. Nunca antes había conseguido culminar con él tales experimentos, y desde luego tenía pocas esperanzas de lograrlo ahora; pero para mi sorpresa, su brazo seguía obediente, aunque débil, todas las instrucciones que le daba el mío. Decidí aventurar una breve conversación:

—Mr. Valdermar —dije—, ¿está dormido?

No respondió, pero percibí un temblor en los labios, lo que me llevó a insistir en la pregunta. A la tercera vez, todo su cuerpo se agitó con un ligero escalofrío; los párpados se entreabrieron levemente, dejando ver una línea blanca en los ojos; los labios se movieron despacio, y de ellos, con un susurro apenas perceptible, salieron estas palabras:

—Sí, estoy dormido. ¡No me despierte...! Déjeme morir así.

Toqué en ese momento sus extremidades y las hallé tan frías como antes. El brazo derecho seguía obedeciendo los gestos de mi mano. Le volví a preguntar:

—¿Le sigue doliendo el pecho, Mr. Valdemar?

Esta vez contestó enseguida, pero con voz más débil incluso que antes:

—No me duele... Me estoy muriendo.

No me pareció aconsejable seguir molestándole, y nada más hicimos o dijimos hasta que poco antes del amanecer regresó el Dr. F.: se quedó enormemente sorprendido de que el paciente siguiera aún con vida. Le tomó el pulso, le acercó un espejo a los labios y me pidió que volviera a hablarle. Le pregunté:

—Mr. Valdemar, ¿sigue dormido?

Como antes, transcurrió algún tiempo hasta que llegó la respuesta; durante el intervalo, el moribundo pareció reunir todas sus fuerzas para hablar. La cuarta vez que repetí la pregunta, dijo con voz muy débil, casi imperceptible:

—Sí, sigo dormido..., y muriéndome.

Opinaron entonces los médicos (más bien fue un deseo) que se debía dejar a Mr. Valdemar en aquel estado aparentemente tranquilo, hasta que sobreviniera la muerte, lo que según todos pensábamos ocurriría al cabo de pocos minutos. No obstante, decidí hacerle una vez más la misma pregunta.

Al hablarle yo, un cambio notable se produjo: poco a poco se le abrieron los párpados y las pupilas giraron hacia arriba hasta desaparecer; toda la piel adquirió un tono cadavérico, más parecido a la blancura del papel que al pergamino; y el círculo de color que la fiebre había dibujado hasta entonces en las mejillas se apagó de pronto. Utilizo este verbo porque su desaparición repentina sólo me trajo a la memoria la imagen de una vela que se apaga de un soplo. Al mismo tiempo, el labio superior se contrajo y dejó ver los dientes, antes ocultos, mientras que la mandíbula inferior se aflojó en un espasmo silencioso, dejando muy abierta la boca y a la vista la lengua hinchada y ennegrecida. Presumo que ninguno de los allí presentes era ajeno al horror de la muerte, pero

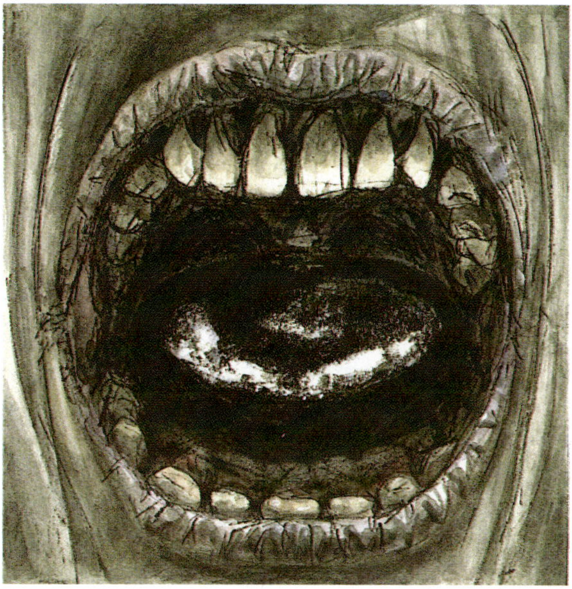

tan inimaginablemente pavoroso era en aquel momento el aspecto de Mr. Valdemar que todos se apartaron de la cama.

Al llegar a este punto del relato, tengo la impresión de que al lector ha de asaltarle una incredulidad total. Es mi deber, sin embargo, continuar.

No quedaba ya signo alguno de vida en Mr. Valdemar. Suponiéndole muerto, pues, íbamos a dejarlo en manos de los enfermeros, cuando claramente advertimos una fuerte vibración de la lengua, que quizá se mantuvo durante un minuto. Al cabo, de las mandíbulas abiertas e inmóviles surgió una voz tal que loco estaría yo si intentara describirla. Hay dos o tres epítetos que en parte podrían considerarse adecuados: podría decir, por ejemplo, que era una voz áspera, entrecortada, hueca; pero en conjunto resultaba horrenda e indescriptible, por la sencilla razón de que nunca un sonido semejante ha lastimado el oído humano. Sin embargo, hubo dos detalles que bien podrían considerarse característicos de aquella entonación, según entonces me pareció y todavía hoy me lo parece, detalles capaces de dar cierta idea de su condición sobrenatural. En primer lugar, la voz parecía llegar desde muy lejos a nuestros oídos, o al menos a los míos, o desde alguna profunda caverna. En segundo lugar, y me temo que desde luego va a resultar imposible que se me entienda, me produjo la misma sensación que produce al tacto una sustancia gelatinosa o pegajosa.

He dicho sonido y voz. Y lo he dicho porque era un sonido que marcaba con claridad las sílabas, una extraña y escalofriante claridad. Está claro que Mr. Valdemar contestó la pregunta que le había hecho poco antes (le había preguntado, como se recordará, si seguía dormido):

—Sí..., no..., he estado durmiendo..., ahora..., ahora... estoy muerto.

Nadie intentó disimular ni reprimir el indecible escalofrío de horror que estas pocas y bien calculadas palabras, así pronunciadas, provocaron en los presentes. Mr. L. (el estudiante) se desmayó. Los dos enfermeros salieron inmediatamente de la habitación y resultó imposible convencerles para que regresaran. En cuanto a mí, ni siquiera pretendo describirle al lector de manera inteligible lo que yo sentí. Durante casi una hora estuvimos intentando reanimar a Mr. L., en silencio, sin pronunciar palabra. Cuando recobró el sentido, volvimos a ocuparnos de Mr. Valdemar.

Todo seguía tal cual lo he descrito, salvo que el espejo no recogía ya indicio alguno de respiración. No logramos sacarle sangre del brazo. He de mencionar también que mi voluntad no dominaba ya este miembro. La única señal de influencia hipnótica era, ciertamente, el movi-

miento vibratorio de la lengua cada vez que yo le hacía una pregunta. Parecía esforzarse por responder, pero carecía de suficiente voluntad. No reaccionaba lo más mínimo a las preguntas que cualquier otro le hacía, aunque intenté ponerle en contacto hipnótico con cada uno de los presentes. Creo que con esto he detallado todo lo necesario para comprender su estado en aquel momento. Buscamos otros enfermeros, y a las diez dejé la casa en compañía de los dos médicos y de Mr. L.

Por la tarde volvimos todos a visitar al paciente. Seguía exactamente igual. Discutimos ahora la posibilidad y conveniencia de despertarle, pero poco nos costó ponernos de acuerdo en que de nada serviría hacerlo. Era evidente que, hasta ahora, el proceso hipnótico había detenido la muerte (o lo que suele llamarse muerte). Todos teníamos claro que despertar a Mr. Valdemar equivalía simplemente a asegurar su muerte instantánea, o al menos acelerarla.

Desde entonces hasta finales de la semana pasada, un período de casi siete meses, seguimos visitándole a diario, acompañados de vez en cuando de médicos y amigos. Todo este tiempo el paciente permaneció en el mismo estado que acabo de describir. Los enfermeros le atendían constantemente.

Por fin, el viernes pasado decidimos llevar a cabo el experimento, o al menos intentarlo; y es el resultado (quizá) desafortunado de tal experimento lo que en círculos privados ha levantado tanta polémica..., tanta reacción popular que no puedo menos de considerar injustificada.

Hice los pases habituales para sacar a Mr. Valdemar del trance hipnótico. Durante algún tiempo no logré nada. El primer indicio de reanimación llegó con un leve descenso del iris. Nos llamó sobre todo la atención que el movimiento de la pupila se viera acompañado por abundante supuración bajo los párpados de un líquido amarillento, de olor acre muy desagradable.

Me pidieron que intentara controlar como antes el brazo del paciente. Lo intenté sin resultado. El Dr. F. expresó entonces el deseo de que yo le hiciera una pregunta. Fue ésta:

—Mr. Valdemar, ¿podría decirnos qué es lo que siente o desea ahora?

Por un instante regresó a las mejillas el color de la fiebre; tembló la lengua, o giró más bien violentamente en la boca, aunque la mandíbula y los labios seguían rígidos; y al cabo se oyó la misma horrenda voz que ya he descrito:

—¡Por Dios..., dése prisa..., duérmame... o despiérteme..., de prisa..., le digo que estoy muerto!

Sentí una profunda turbación y durante un instante no supe qué hacer. Intenté primero calmar al paciente; pero al no lograrlo por ausencia total de voluntad suya, cambié de idea y con el mismo tesón hice todo lo posible por despertarle. Pronto me di cuenta de que iba a conseguirlo, o al menos pronto imaginé que iba a conseguirlo, y seguro estoy de que todos en la habitación esperaban verle despertar.

Pero desde luego es imposible que nadie esperara lo que de hecho ocurrió.

Hice unos rápidos pases hipnóticos, de la lengua del paciente —no de sus labios— brotó una exclamación, «¡muerto, muerto!», y al instante, en un sólo minuto o incluso menos, todo su cuerpo se contrajo, se desmoronó, se pudrió por completo bajo mis manos.

En la cama, ante toda la concurrencia, yacía una masa casi líquida de podredumbre, asquerosa, repugnante.

El barril de amontillado

Había soportado yo las insolencias de Fortunato lo mejor que podía. Pero cuando se atrevió con el insulto, juré vengarme. Tú, que conoces tan bien mi carácter, supondrás, sin embargo, que en ningún momento hice pública mi amenaza. Acabaría vengándome: estaba decidido..., pero la misma determinación excluía la idea de riesgo. Tenía que vengarme, pero con impunidad.[1] Un agravio[2] no se repara cuando el castigo alcanza también al agraviado. Tampoco se repara cuando quien se venga no se da a conocer ante quien le ha ofendido.

Ha de entenderse que nunca, ni de palabra ni de obra, le había dado yo a Fortunato motivos para que dudara de mi buena voluntad. Continué prodigándole mis sonrisas como solía, sin que él se diera cuenta de que mi sonrisa nacía ahora de la idea de su inmolación.[3]

---

1 *con impunidad*: sin ser castigado.
2 *agravio*: ofensa, humillación.
3 *inmolación*: sacrificio.

Tenía un punto débil este Fortunato, aunque en otros aspectos era persona respetable, e incluso temible. Se jactaba[4] de ser todo un experto en vinos. Pocos italianos dominan las sutilezas de ese arte. Su entusiasmo se adapta casi siempre al momento y la oportunidad..., la oportunidad de dar gato por liebre a los millonarios británicos y austriacos. En pintura y piedras preciosas Fortunato era un charlatán, como todos sus paisanos, pero en el tema de vinos añejos sabía de lo que hablaba. En esto no me diferenciaba mucho de él: yo también era todo un experto en cosechas italianas, que compraba al por mayor siempre que podía.

Fue hacia el atardecer, un día en que el carnaval estaba en su máxima locura, cuando me encontré con mi amigo. Como había bebido mucho, me abordó con cordialidad excesiva. Llevaba un ajustado disfraz de rayas multicolores, y en la cabeza un cucurucho con cascabeles. Me alegré tanto de verle que creí que nunca iba a dejar de estrecharle la mano.

—Querido amigo —le dije—, qué suerte encontrarte. ¡Tienes hoy un aspecto inmejorable! He recibido un barril de lo que puede ser amontillado,[1] pero tengo mis dudas.

—¿Cómo? —dijo él—. ¿Amontillado? ¿Y un barril? ¡Imposible! ¡Y en medio de los carnavales!

—Tengo dudas —respondí—; y fui lo bastante tonto como para pagarlo como amontillado sin consultarte antes. No pude dar contigo y temí perder una ganga.

—¡Amontillado!

—No estoy seguro.

—¡Amontillado!

4 *jactarse*: alabarse con presunción, vanagloriarse.

1 Se trata de un tipo de vino de Jerez que se diferencia del *fino* en el tiempo y en el sistema de crianza. Es un vino con más cuerpo, más aroma y más color que el fino, con el que sin embargo a menudo se confunde.

—Y quiero asegurarme.

—¡Amontillado!

—Como estás ocupado, iba a casa de Luchresi. Si alguien entiende de vinos, es él. Él me dirá si...

—Luchresi no distingue el amontillado del jerez.

—Y sin embargo algún tonto va diciendo que su paladar iguala al tuyo.

—Venga, vamos.

—¿Adónde?

—A tu bodega.

—No, amigo, no: no quiero abusar de tu buena voluntad. Veo que tienes un compromiso. Luchresi...

—No hay compromiso que valga..., ¡vamos!

—No, amigo, no; no es por el compromiso, sino por el fuerte catarro que veo que padeces. En la bodega la humedad es insoportable. Hay salitre por todas partes.

—No importa, vamos. Este catarro no es nada. ¡Un amontillado! Te la han dado... Y en cuanto a Luchresi, no distingue el amontillado del jerez.

Con esas palabras, Fortunato me cogió del brazo. Cubierto con una máscara de seda negra y envuelto en una capa, dejé que me arrastrara hasta mi *palazzo*.[5]

Los criados estaban fuera: todos se habían ido a celebrar la fiesta. Les había dicho que no regresaría hasta la mañana siguiente y les había dejado bien claro que no debían salir de casa. Sabía de sobra que una orden así bastaba para que, en cuanto yo me diera la vuelta, todos desaparecieran inmediatamente.

Cogí de la pared dos antorchas, di una a Fortunato y le guié a través de varios salones hasta el arco de entrada a la bodega. Bajé por una larga escalera de caracol, rogándole que tuviera cuidado al seguirme. Llegamos

5 *palazzo*: término italiano que designa a un palacete o casa señorial.

por fin al pie de la escalera, pisando ya el suelo húmedo de las catacumbas[2] de los Montresor.

Andaba mi amigo con paso inseguro y los cascabeles del gorro le sonaban al caminar.

—¿El barril? —preguntó.

—Un poco más allá —respondí—; mira esa especie de telarañas blancas que brillan en las paredes.

Se volvió y me miró con ojos vidriosos que destilaban legañas de embriaguez.

—¿Salitre? —preguntó al cabo.

—Salitre —repliqué—. ¿Desde cuándo tienes esa tos?

Durante un buen rato un fuerte ataque de tos le impidió responder.

—No es nada —dijo por fin.

—Vamos —dije con decisión—, demos la vuelta: tu salud es lo primero. Eres rico, se te respeta, se te admira, se te quiere, eres feliz, como yo también lo fui. Se sentiría tu pérdida. Regresamos: no me perdonaría que cayeras enfermo. Además, siempre está Luchresi...

—Nada de eso —respondió—; la tos no es nada; no va a matarme. No voy a morir de un catarro.

—Eso es verdad —dije yo—, y desde luego no era mi intención alarmarte sin necesidad. Pero has de tener mucho cuidado. Un trago de este burdeos[3] nos protegerá de la humedad.

Y rompí el cuello de una botella que saqué de una larga hilera que yacía sobre el moho.

—Bebe —le dije, ofreciéndole el vino.

Se lo llevó a los labios con una mueca; pero se detuvo

2 Las catacumbas son cementerios subterráneos, a veces de hasta cinco pisos, que los primitivos cristianos excavaron, sobre todo, en Roma. Se componen de largas galerías entrecruzadas, en cuyas paredes se encuentran los nichos, y que a veces se ensanchan formando vestíbulos (en que se celebraba el culto) o capillas funerarias familiares. El narrador debe emplear el término como sinónimo de 'cementerio o enterramiento familiar subterráneo'.

3 Poe utiliza el término Médoc, vino muy saludable pero menos conocido que el de Burdeos, región vinícola francesa de la que Médoc también forma parte.

e hizo un gesto de familiaridad, mientras sonaban sus cascabeles.

—A la salud de los que aquí reposan —brindó.

—Y por que tengas una larga vida.

Volvió a cogerme del brazo y continuamos.

—Son grandes estas bóvedas —dijo.

—Los Montresor fueron una gran familia, y numerosa.

—No recuerdo el escudo.

—Un gran pie humano de oro en campo de azur;[6] el pie aplasta una serpiente rampante que hunde los colmillos en el talón.[4]

—¿Y la leyenda?

—*Nemo me impune lacessit.*[5]

—No está mal —contestó.

Le brillaba el vino en los ojos y los cascabeles tintineaban. Mi propia imaginación se acaloró con el burdeos. Pasamos junto a muros de huesos apilados que alternaban con toneles y barriles, hasta lo más recóndito del subterráneo. De nuevo me detuve, y está vez me permití yo cogerle a él por el brazo.

—El salitre va en aumento —dije—, fíjate. Cubre las bóvedas como si fuera musgo. Estamos debajo del río. La humedad rezuma entre los huesos. Ven, volvamos antes de que sea demasiado tarde. Esa tos...

—No es nada —respondió—. Vamos a seguir, pero bebamos antes otro trago de burdeos.

---

6 *en campo de azur*: 'con un fondo azul'; son términos específicos de los escudos de armas, al igual que *rampante*, 'que se yergue en ademán de asir'.

4 La serpiente es ya en la Biblia símbolo del mal y animal maldito por Dios: «[el linaje humano] te pisará la cabeza mientras aceches tú su calcañar ['talón']» (Génesis, 3, 15). El escudo refleja muy bien el espíritu vengativo de Montresor. Pero nótese que el olvido de Fortunato del escudo de los Montresor resulta insultante para el protagonista y narrador del relato.

5 El texto (*leyenda*) latino del escudo dice: «Nadie me provoca con impunidad». Este lema figura en realidad en el antiguo escudo de Escocia y en el de la Orden Escocesa de Thisle.

Abrí una botella de De Grâve.[6] Lo apuró sin un respiro. Una luz violenta le brillaba en los ojos. Lanzó una risotada y tiró la botella al aire con un gesto que no llegué a entender.

Le miré sorprendido. Repitió el gesto, un gesto grotesco.

—¿No entiendes? —preguntó.

—No —respondí.

—Entonces no eres de la hermandad.

—¿Cómo?

—No eres masón.[7]

—Sí, sí —dije—. Sí, sí.

—¿Tú masón? ¡Imposible!

—Masón —respondí.

—Demuéstralo —dijo.

—Aquí tienes —y saqué de entre los pliegues de la capa una paleta de albañil.

—¡Bromeas! —exclamó, retrocediendo unos pasos—. Pero vamos a por el amontillado.

—Vamos, pues —dije yo, guardando la paleta bajo la capa y ofreciéndole de nuevo el brazo. Se apoyó pesadamente en él, y así seguimos un trecho. Cruzamos varios arcos muy bajos, descendimos, luego un trecho más, volvimos a descender y llegamos a una profunda cripta,[7]

---

7 *cripta*: lugar subterráneo en que se suele enterrar a los muertos.

6 Vino de una comarca de Burdeos del mismo nombre. Pero hay aquí un juego irónico más de Montresor, ya que la palabra inglesa *grave* significa 'tumba'.

7 La masonería es una asociación internacional cuyos orígenes se remontan a la Edad Media. Se supone que nació en un gremio de albañiles de Inglaterra o Escocia y pronto se extendió por toda Europa. Con el tiempo se ha convertido en una asociación que a los fines de ayuda mutua entre sus miembros, que forman una hermandad cerrada, ha unido la defensa de una ideología racionalista en política y religión; sus miembros forman una jerarquía con grados y celebran reuniones con ciertos ritos. La masonería estuvo perseguida en algunas épocas. Uno de sus símbolos es la paleta de albañil que Montresor muestra a Fortunato poco después, aunque el utensilio es sobre todo un irónico anuncio del desenlace del cuento. Téngase en cuenta, asimismo, que el término inglés *mason* significa, precisamente, 'albañil'.

donde el aire estaba tan viciado que las teas, casi perdida la llama, apenas brillaban ya.

En el extremo más alejado de la cripta se abría otra aún más reducida. Los muros estaban cubiertos de restos humanos apilados hasta la misma bóveda, al estilo de las grandes catacumbas de París.[8] Tres lados de esta segunda cripta seguían así decorados; pero en el cuarto muro se habían caído los huesos y yacían esparcidos ahora por todas partes, formando en cierto lugar un pequeño montón. Dentro del muro que quedaba expuesto por el desplazamiento de los huesos vimos aún otro hueco, de poco más de un metro de profundidad, un metro de anchura y unos dos de altura. No parecía haber sido construido con ningún propósito especial, sino simplemente como separación entre dos de los pilares colosales que sostenían el techo del subterráneo; su fondo era el mismo sólido granito de todo el entorno.

En vano adelantó Fortunato su antorcha mortecina con intención de vislumbrar el fondo de la cavidad: la débil luz no nos lo permitía.

—Pasa —le dije—: dentro está el amontillado. En cuanto a Luchresi...

—Es un ignorante —me interrumpió él.

Se adentró con paso inseguro. Yo le seguí, pegado a sus talones.

Topó inmediatamente con el fondo del nicho y, al ver que la roca le impedía el paso, se detuvo con un gesto estúpido de desconcierto. Un instante después yo ya le había encadenado al muro, del que sobresalían a la misma altura dos argollas, separadas como medio metro una

8 Las catacumbas de París son en realidad canteras que se habían ido explotando desde época romana en tres montes de la ciudad (Montparnasse, Montrouge y Montsouris) y que, a partir de 1785, fueron utilizadas como osarios donde se depositaron, apilados contra los muros y en macabra decoración, millones de esqueletos que procedían de diversos cementerios.

de otra. De una de ellas colgaba una corta cadena, y de la otra un candado. En pocos segundos le rodeé la cintura y cerré el candado. Se quedó tan atónito que no ofreció resistencia. Quité la llave y salí de la cavidad.

—Pasa la mano por el muro —le dije— y seguro que notas el salitre. Desde luego, hay mucha humedad. Te imploro, pues, una vez más, que regresemos... ¿No? Entonces me veo obligado a dejarte aquí. Pero antes he de tener contigo todas las atenciones a mi alcance.

—¡El amontillado! —exclamó mi amigo, presa todavía del asombro.

—Cierto —repliqué—: el amontillado.

Mientras así hablaba, rebusqué entre el montón de huesos[9] del que ya he hablado. Apartándolos a un lado,

9 Poe quizá pretendió un juego verbal entre la palabra *amontillado*, repetida incesantemente a lo largo del cuento, el italiano *ammonticchiato* y lo que este

pronto di con cierta cantidad de argamasa y piedra de construcción. Con mi paleta y estos materiales me dispuse a tapiar la entrada del nicho.

No había terminado aún de poner la primera hilera de piedra cuando me di cuenta de que la embriaguez de Fortunato se había casi disipado. El primer indicio fue un débil gemido que me llegó desde el fondo. No era el de un borracho. Se produjo un silencio largo y obstinado. Coloqué la segunda hilera, y la tercera, y la cuarta, y oí entonces que la cadena se agitaba con furia. El ruido siguió varios minutos. Yo interrumpí la tarea y me senté sobre los huesos, para así disfrutar más del momento. Cuando por fin cesó, proseguí la tarea y terminé sin interrupción la quinta hilera, y la sexta, y la séptima. El muro ya casi me llegaba a la altura del pecho. De nuevo me detuve y, alzando la antorcha sobre el tabique de piedra, iluminé débilmente el interior.

Me sentí como empujado violentamente por una serie de agudos chillidos que de pronto brotaron de la garganta del encadenado. Dudé un instante, me estremecí. Desenvainé la espada y comencé a dar estocadas en el interior del nicho, pero un pensamiento repentino me tranquilizó. Palpé la sólida pared de las catacumbas y me di por satisfecho. Volví a acercarme al tabique. Respondí a los gritos del que clamaba. Los repetí como el eco, le ayudé a gritar, los superé en fuerza y en intensidad. Eso hice, y el plañidero[8] enmudeció.

Era ya medianoche y mi tarea se acercaba a su fin. Completé la octava hilera, y la novena, y la décima. Había terminado parte de la undécima y última; sólo que-

8 *plañidero*: lloroso, lastimero.

término significa en español 'amontonado', en referencia a los montones de huesos alineados contra la pared: con ello se conseguiría una ironía trágica más. Téngase en cuenta que Poe estudió ambos idiomas en la Universidad.

daba una piedra por colocar. Apenas podía con el peso; la coloqué a medias en su sitio. Pero del nicho brotó entonces una risa apagada que me erizó el cabello, a la que siguió una voz triste, que me costó reconocer como la del noble Fortunato. La voz dijo:

—¡Ja, ja, ja..., je, je...! Una broma muy buena, desde luego, una broma excelente. Vamos a reírnos mucho cuando lo contemos..., ¡je, je!..., con una copa de vino..., ¡je, je, je!

—¡El amontillado! —dije yo.

—¡Je, je, je..., je, je, je...! Sí, el amontillado. Pero ¿no se está haciendo tarde, no nos estarán esperando en el *palazzo* mi esposa y los demás? Vámonos ya.

—Sí —respondí—. Vámonos.

—¡Por el amor de Dios, Montresor!

—Sí —repliqué—, por el amor de Dios.

Pero aguardé en vano una respuesta a mis palabras. Me impacienté y grité:

—¡Fortunato!

No hubo respuesta. Volví a gritar:

—¡Fortunato!

De nuevo sin respuesta. Arrojé por la abertura una tea al interior. Sólo se oyó el repiqueteo de los cascabeles. Sentí una opresión en el pecho..., era la humedad del subterráneo. Me apresuré a terminar el trabajo. Coloqué la última piedra en su sitio y la aseguré con argamasa. Y contra el tabique volví a levantar la antigua pila de huesos. Durante medio siglo ningún mortal los ha removido. *¡Requiescat in pace!*[10]

10 Locución latina que forma parte de la oración de difuntos y que suele figurar en las inscripciones de las lápidas mortuorias, cuyo significado es 'descanse en paz'. La frase esconde quizá la última ironía de este cuento, pues mientras Fortunato «ha descansado en paz», Montresor parece atribulado por remordimientos de conciencia.

La máscara de la Muerte Roja

Hacía tiempo que la Muerte Roja devastaba el país. Nunca hubo peste tan mortífera ni tan horrible. La sangre era su emblema y su sello, el rojo horror de la sangre.[1] Se sentían dolores agudos y un vértigo repentino, y luego los poros exudaban abundante sangre, hasta acabar en la muerte. Las manchas escarlatas[1] en el cuerpo, y sobre todo en el rostro de la víctima, eran el estigma[2] de la peste que le apartaban de toda ayuda y compasión de sus congéneres. En media hora se cumplía todo el proceso: síntomas, evolución y término de la enfermedad.[2]

1 *escarlata*: color rojo carmesí.
2 *estigma*: marca, huella.

1 Aparecen aquí ecos claros de la plaga bíblica que Dios envía a los egipcios, según se relata en el Antiguo Testamento (Éxodo, 7, 14-24), convirtiendo en sangre el agua de los ríos y las fuentes.

2 La Muerte Roja recuerda la Peste Negra que asoló Europa durante la Edad Media, causando una mortandad que en ocasiones alcanzó a las dos terceras partes de la población. Se trata de la *peste bubónica*, cuyos síntomas son fiebres elevadas, escalofríos, delirios y pústulas generalizadas por todo el cuerpo, que pueden supurar sangre y pus. La enfermedad se contagia de la rata al hombre, aunque el contagio puede producirse después entre hu-

Pero el príncipe Próspero[3] era intrépido, feliz y sagaz. Con sus dominios ya medio despoblados, llamó un día a su presencia a un millar de amigos sanos y joviales[3] de entre las damas y caballeros de su corte, y con ellos se recluyó en el apartado retiro de una de sus abadías amuralladas. Era un conjunto de edificios amplio y magnífico, concebido por el gusto excéntrico, aunque majestuoso, del propio príncipe. Lo rodeaba una alta y sólida muralla. La muralla tenía portones de hierro. Una vez dentro los cortesanos, se trajeron fraguas y enormes martillos y se soldaron los cerrojos. Decidieron que no hubiese modo alguno de entrar o salir, si alguien de pronto se dejaba llevar por la desesperación o la locura. Había abundancia de provisiones. Con tales precauciones los cortesanos podían desafiar el contagio. Que el mundo de fuera se ocupase de sí mismo. Mientras tanto, era estúpido lamentarse o pensar. Había bufones, había trovadores, había bailarinas, había músicos, había Belleza, había vino. Dentro había todo eso, y también seguridad. Fuera estaba la Muerte Roja.[4]

Fue hacia el final del quinto o sexto mes de su encierro, y mientras la peste se cebaba con furia en el exterior, cuando el príncipe Próspero ofreció a sus mil amigos un baile de máscaras de rara vistosidad.

---

3 *jovial*: alegre.

manos. Con todo, la idea del cuento pudo sugerírsela a Poe la epidemia de cólera que asoló Baltimore en 1831 o la que sufrió la ciudad de París en 1832. Véase la «Introducción» (p. XXXVI) y el texto auxiliar 4.2.

3 En *La tempestad* (1623), de William Shakespeare, Próspero es un mago que con sus artes consigue controlar el destino del resto de los personajes de la obra. En el relato de Poe, Próspero cree ser dueño de su destino y del de sus amigos, pero no se trata sino de una ilusión efímera.

4 Como se señala en la «Introducción» (p. XXXIV), un antecedente claro del relato es el *Decamerón* (1353), de Giovanni Boccaccio (1313-1375), obra en la que un grupo de personajes se refugian en una finca huyendo de la peste, y narran los cien cuentos que constituyen el libro.

Aquel baile fue un espectáculo voluptuoso.[4] Pero permítaseme hablar primero de los salones en que se celebró. Eran siete:[5] todo un ámbito imperial. Hay muchos palacios, sin embargo, en los que salones así ofrecen una perspectiva larga y lineal, con puertas corredizas que se desplazan casi hasta las mismas paredes de uno y otro lado, de modo que apenas nada interrumpe la vista en toda su longitud. El caso era aquí muy distinto, como cabría esperar de la afición del duque por lo extravagante. La distribución de las salas era tan irregular que apenas se contemplaba más de una al mismo tiempo. Cada veinte o treinta metros se producía un giro brusco, y con ca-

4 *voluptuoso*: muy sensual.

5 El siete es el número de la perfección, de la totalidad. En el cristianismo aparece dotado de una fuerte simbología. Siete son los sacramentos, los pecados capitales, los profetas mayores, etc.

da giro un efecto novedoso. A derecha e izquierda, en medio de la pared, una ventana gótica alta y estrecha se asomaba a un corredor cerrado que enmarcaba las sinuosidades[5] del conjunto, con vidrieras cuyos colores variaban de acuerdo con los tonos dominantes en la decoración del salón al que se abrían. El del extremo oriental, por ejemplo, estaba decorado en azul, y las vidrieras en azul vivo. La ornamentación y los tapices del segundo eran de color púrpura,[6] y purpúreos eran allí los cristales. El tercero era todo él verde, lo mismo que las ventanas. Los muebles y la iluminación del cuarto eran anaranjados; el quinto, blanco; el sexto, violeta. La séptima estancia era un denso sudario[7] de tapices de terciopelo negro que cubrían el techo y las paredes, y caían en pesados pliegues sobre una alfombra del mismo tinte y textura. Pero sólo en esta habitación el color de las ventanas difería del decorado. Las vidrieras eran aquí de un tono escarlata, un rojo oscuro de sangre. Ahora bien, en ninguna de las siete cámaras había lámpara o candelabro alguno, entre la abundancia de adornos dorados que había por todas partes o que colgaban de los techos. No había luz ninguna que procediera de una lámpara o vela en todo el conjunto de habitaciones. Pero en el corredor que envolvía los salones había, frente a cada ventana, un pesado trípode con un brasero de fuego que, al proyectar su resplandor a través de las vidrieras, inundaba de luz la estancia. Se producía así una profusión llamativa de formas fantásticas. Pero en la habitación negra, o de poniente, el efecto del fuego a través de los cristales de sangre sobre los tapices negros resultaba de lo más si-

5 *sinuosidad*: ondulación, concavidad.
6 *púrpura*: color rojo subido que tira a violáceo.
7 *sudario*: 'lienzo con que se envuelve el cadáver'; utilizado aquí metafóricamente.

niestro, y daba un aire tan irreal a los rostros de los que allí entraban que muy pocos se atrevían a dar siquiera un paso en aquella estancia.[6]

También era aquí donde se encontraba, contra el muro oeste, un gigantesco reloj de ébano.[8] El péndulo oscilaba con un sonido grave, monótono y apagado, y cuando el minutero había recorrido toda la esfera y llegaba el momento de marcar la hora, de sus pulmones metálicos surgía un sonido límpido, potente, profundo y muy musical, pero de nota y énfasis tan peculiares que, a cada hora, los músicos se veían obligados a detenerse un momento para escucharlo, lo que obligaba a su vez a quienes bailaban a interrumpir el vals; y se producía un breve desconcierto en la alegría de todos; y, mientras sonaba el carillón,[9] se veía cómo los más frívolos palidecían y los más sosegados por los años se pasaban la mano por la frente como perdidos en ensueños o en meditación. Aunque cuando cesaban los últimos ecos, una risa leve se apoderaba a la vez de toda la concurrencia; los músicos se miraban y sonreían como burlándose de sus propios nervios y desconcierto, y se susurraban mutuas promesas de que las siguientes campanadas no les causarían ya la misma impresión; pero luego, al cabo de sesenta minutos (que son tres mil seiscientos segundos de un Tiempo que vuela), de nuevo sonaba el carillón, y volvía a repetirse la misma meditación, y el mismo desconcierto y nerviosismo de antes.

Pero a pesar de todo, era una fiesta alegre y magnífica. Los gustos del duque eran peculiares. Tenía buen ojo

8 *ébano*: 'madera muy maciza y negra del árbol del mismo nombre', que, en este contexto, le da al relato un sentido funesto.

9 *[reloj de] carillón*: [reloj dotado de un] mecanismo de campanas, tubos o planchas de acero que producen un sonido musical.

6 Sobre la simbología de los colores, véase la «Introducción» (p. XXXIV).

para los colores y los efectos. Desdeñaba las convenciones de la moda. Sus planes eran atrevidos y apasionados, y un viso[10] de barbarie iluminaba sus proyectos. Algunos le habrían tenido por loco. Sus seguidores no lo creían así. Pero era necesario oírle, y verle, y tocarle, para estar seguro.

Con ocasión de esta magna fiesta, había supervisado personalmente casi toda la decoración de los siete salones; y había sido su propio gusto el que había inspirado los disfraces. No os quepa duda de que eran extravagantes. Abundaba la ostentación y el brillo, lo ilusorio y lo picante..., mucho de lo que después se ha visto en *Hernani*.[7] Había figuras arabescas,[11] con miembros y atuendos grotescos. Había fantasías delirantes como sólo los locos imaginan. Había mucha belleza, mucha voluptuosidad, mucho de estrafalario,[12] algo de terrible, y no poco de lo que podría haber ofendido. De hecho, por las siete estancias se paseaba majestuosamente una muchedumbre de sueños.[8] Y éstos —los sueños— se revolvían por las habitaciones, tiñéndose del color de cada una, y haciendo que la música desenfrenada de la orquesta pare-

10 *viso*: 'apariencia', y también 'resplandor que hacen algunas cosas heridas por la luz'.

11 *arabescas*: 'dibujos de líneas de ornamento a base de hojas, ramas, cintas, tracería, al estilo arábigo'. Pero Poe le daba también al término el sentido de 'fantástico, mezcla extraña'.

12 *voluptuosidad*: complacencia en los placeres o deleites de los sentidos; *estrafalario*: extravagante.

7 Obra de teatro (1830) del escritor romántico francés Victor Hugo (1802-1885) que recrea la España de Carlos V. El drama, que causó un gran revuelo en la época por lo que representaba de profesión de fe romántica, es aludido aquí por el esplendor y la pompa de la corte del emperador, por las pasiones que en la obra se desatan —paralelas a la "belleza" y "voluptuosidad" de la fiesta descrita en el cuento de Poe— y quizá por las muertes con que acaba.

8 Esta insistencia sobre "lo ilusorio", lo fantástico o los "sueños" nos recuerda unas famosas palabras de Próspero: «Estamos tejidos de idéntica tela que los sueños, y nuestra corta vida se cierra con un sueño» (*La tempestad*, IV, i, 156-158). La velada alusión, de ese modo, resulta premonitoria.

ciera el eco de sus pasos. Y entonces suena el reloj de ébano en el salón de terciopelo. Y por un momento todo se aquieta, todo se acalla salvo la voz del reloj. Los sueños quedan congelados y estáticos. Pero el eco de las campanadas se apaga —no han durado sino un instante— y una risa leve, a medias reprimida, queda flotando tras él. Y surge de nuevo la música, y viven los sueños, y se revuelven de un lado a otro más alegres que nunca, teñidos por las ventanas multicolores por las que penetra el resplandor de los trípodes. Pero en el salón de poniente, ninguno de los enmascarados se atreve ahora a entrar, porque la noche ya se desvanece y una luz más rojiza se filtra por los cristales de color sangre; y la negrura de los tapices espanta; y quien aventura sus pasos sobre la negra alfombra escucha un sordo tictac, más solemne y enfático que el que llega a oídos de quienes se entregan a la alegría de salas más distantes.

Pero las otras habitaciones estaban abarrotadas, y en ellas latía febrilmente el ansia de la vida. Prosiguió así el torbellino festivo, hasta que al cabo el reloj inició las campanadas de la medianoche. Y cesó entonces la música, como ya he dicho; y los que bailaban interrumpieron el vals; y, como en otras ocasiones, todo quedó desasosegadamente detenido. Pero ahora eran doce las campanadas que tenían que sonar; y ocurrió así, quizá, que al disponer de más tiempo, más grave se tornó la reflexión de quienes en la concurrencia ya estaban pensativos. Y también ocurrió así, quizá, que antes de que el último eco de la última campanada hubiera desaparecido en el silencio, muchos ya habían reparado en la presencia de una figura enmascarada que hasta entonces no había llamado la atención de nadie. Y de boca en boca se extendió el rumor de esta nueva presencia, y al poco se alzó en toda la compañía un susurro, un murmullo de desa-

probación y sorpresa, luego, por último, de terror, de horror y de asco.

En una congregación fantasmagórica como la que he pintado, bien se puede suponer que ningún atuendo ordinario habría causado tal sensación. De hecho, esa noche la libertad en los disfraces era prácticamente ilimitada; pero la figura en cuestión había rizado el rizo, superando incluso los límites del gusto permisivo del príncipe. Hay fibras aun en el corazón de los más osados que no pueden tocarse sin que se emocionen. Hasta los casos perdidos, para quienes la vida y la muerte son una misma broma, creen que hay ciertos asuntos con los que no se puede bromear. En todos los asistentes, desde luego, se apreciaba ahora la sensación intensa de que el disfraz y el porte del extraño carecían de todo ingenio y decoro.[13] Era una figura alta y lúgubre, amortajada[14] de la cabeza a los pies con el atuendo de la tumba. La máscara que lo ocultaba representaba tan fielmente el semblante rígido de un cadáver que al observador más atento le resultaría difícil descubrir el engaño. Aun así, todo esto lo habría soportado, si no aprobado, aquella alocada concurrencia. Pero el enmascarado había llegado incluso a asumir el aspecto de la Muerte Roja. La sangre le salpicaba la vestimenta..., y su ancha frente, y todas sus facciones, aparecían moteadas[15] por el horror escarlata.

Cuando la mirada del príncipe Próspero se detuvo en este espectro (que se paseaba lento y solemne, como para dar mayor empaque[16] a su figura), se le notó una convulsión, en un primer momento con un fuerte estremeci-

13 *decoro*: respeto, adecuación.
14 *amortajada*: vestida con *mortaja* o *sudario*, la 'tela con que se envuelve el cadáver'.
15 *moteadas*: salpicada de *motas* ('manchas redondeadas y pequeñas').
16 *empaque*: seriedad, gravedad.

miento de horror o repugnancia; pero enseguida, el rostro se le encendió de ira.

—¿Quién se ha atrevido...? —preguntó con voz ronca a los cortesanos que le acompañaban—: ¿Quién se ha atrevido a insultarnos con esta burla blasfema?[17] ¡Cogedle y quitadle la máscara, y así sabremos a quién hay que colgar de una almena al amanecer!

Cuando pronunció estas palabras, el príncipe Próspero se hallaba en el salón azul, que daba al oriente. Y su eco recorrió alto y claro las siete estancias, porque el príncipe era un hombre robusto y osado, y un gesto suyo había acallado ya la música.

Era en el salón azul donde se hallaba el príncipe, en compañía de un grupo de pálidos cortesanos. Al principio, cuando habló, dieron éstos un primer paso hacia el intruso, que entonces estaba próximo a ellos, y que ahora se acercaba más aún, con porte deliberado y majestuoso. Pero cierto miedo indecible que la insensata arrogancia de la máscara había inspirado a todo el grupo impidió que nadie le pusiera la mano encima; así que, sin estorbo alguno, pasó apenas a un metro del príncipe; y, mientras en los salones la numerosa concurrencia, como movida por un mismo resorte, se hacía a un lado buscando el refugio de las paredes, el enmascarado siguió andando con el mismo paso solemne y mesurado que desde el comienzo le había distinguido, pasando de la sala azul a la púrpura, de la púrpura a la verde, de la verde a la de color naranja, de ésta a la blanca, e incluso de aquí a la morada, sin que nadie hiciera el menor intento de detenerle. Fue entonces, sin embargo, cuando el príncipe Próspero, fuera de sí y avergonzado por su cobardía pasajera, cruzó veloz los seis salones, sin que nadie le si-

17 *blasfema*: expresión —aunque en este contexto, 'actitud'— injuriosa contra las cosas sagradas o venerables.

guiera por el terror mortal que de todos se había apoderado. Blandía una daga desenvainada, y se acercó impetuoso y rápido a muy poca distancia de la figura que seguía su camino, cuando ésta, que ya había llegado al salón de terciopelo, giró de pronto y le hizo frente. Hubo un grito agudo, y la daga reluciente cayó en la alfombra negra sobre la que, al instante, caía postrado por la muerte el príncipe Próspero. Después, llevados por el valor enloquecido de la desesperación, un amplio grupo entró en avalancha en el salón negro, en el que la alta figura seguía inmóvil y erguida bajo la sombra del reloj de ébano; pero al ponerle la mano encima al enmascarado, un horror innombrable les cortó el aliento y descubrieron que la mortaja y la máscara cadavérica que habían tratado con violenta rudeza no estaban habitadas por ninguna forma tangible.[18]

Y reconocieron la presencia de la Muerte Roja. Había venido como un ladrón en la noche.[9] Y uno a uno fueron cayendo los presentes en los salones antes festivos, ahora bañados en sangre, y cada uno hallaba la muerte en la desesperada postura en que caía. Y la vida del reloj de ébano se apagó con la del último cortesano. Y las llamas de los trípodes se extinguieron. Y de todo se adueñó la Tiniebla, la Corrupción y la Muerte Roja.

---

18 *tangible*: que se puede tocar.

9 En la Primera Epístola a los Tesalonicenses (5, 2), San Pablo les advierte del modo en que llegará la muerte y el Juicio Final: «Sabéis bien que el Día del Señor llegará como ladrón en la noche». Estas palabras, sin duda, dan al relato un sentido moral.

Hop-Frog

Nunca he conocido a nadie tan aficionado a las chanzas[1] como lo era el rey. Parecían la única razón de su existencia. Contar una buena historia de tono burlón, y contarla bien, era el camino más seguro para obtener su favor. Ocurría así que sus siete ministros tenían todos fama de bromistas empedernidos. Además, todos se parecían al rey: eran hombretones gordos y grasientos, guasones inimitables. Nunca he llegado a saber si la risa engorda a la gente o si hay algo en la misma gordura que predispone a la broma, pero lo cierto es que un bromista delgado resulta una *rara avis in terris.*[1]

En cuanto a los refinamientos o, como él los llamaba, chispas de ingenio, poco le preocupaban al rey. En una broma admiraba sobre todo su enjundia[2] y, si la había,

1 *chanza*: broma o acción burlesca.
2 *enjundia*: grosor, fuerza.

1 Parte de un verso procedente de las *Sátiras* de Juvenal, que significa 'rara ave de la tierra'. Se suele simplificar como *rara avis,* y tiene el sentido de 'persona poco corriente, que no se encuentra'.

poco le importaba lo que durase. Las sutilezas le resultaban tediosas.[3] Siempre habría preferido el *Gargantúa* de Rabelais al *Zadig* de Voltaire[2] y, por lo general, gastar bromas le complacía mucho más que contar un chiste.

En la época de este relato los bufones profesionales aún no habían pasado de moda en las cortes reales. Varias potencias continentales seguían conservando sus histriones[4] de trajes multicolores, gorros y cascabeles, y de ellos se esperaba que tuvieran siempre dispuesto su aguzado ingenio, a una mera señal, en retribución por las migas que caían de la mesa real.[3]

Nuestro rey, como no podía ser menos, también tenía un bufón. Lo cierto es que necesitaba como un punto de locura, aunque sólo fuera para compensar la severa sabiduría de los siete sabios que tenía por ministros, sin mencionar la suya.

Su bufón profesional no era, sin embargo, tan sólo eso. El hecho de que, además, fuera enano y tullido[5] triplicaba su valía a los ojos del rey. Los enanos, como los bufones, eran entonces habituales en las cortes, y a muchos monarcas les habría resultado difícil sobrellevar sus días (que en palacio son más largos que en ningún otro sitio) sin un bufón con el que reírse y un enano del

3 *sutileza*: delicadeza, agudeza; *tediosa*: aburrida.
4 *histrión*: actor, payaso que se disfraza para hacer reír.
5 *tullido*: impedido, con dificultad para mover algún miembro.

2 *Zadig o el destino* (1747), novela de Voltaire (1694-1778) muy admirada por Poe, que creó su inmortal personaje e investigador A. Dupin («Los crímenes de la calle Morgue») a imitación del protagonista de la novela voltairiana. Voltaire fue un famoso escritor francés, conocido por su ironía ingeniosa y sus furibundos ataques a la tiranía y la injusticia. Sobre Rabelais y su *Gargantúa*, véase la nota **5** de la p. 22.
3 Hay aquí una alusión, muy reveladora, a una frase bíblica de la «Parábola del rico Epulón y el pobre Lázaro»: «Era un hombre rico que vestía de púrpura y lino y celebraba todos los días espléndidas fiestas. Y un pobre, llamado Lázaro, que, echado junto a su portal, cubierto de llagas, deseaba hartarse de lo que caía de la mesa del rico... pero hasta los perros venían y le lamían las llagas» (San Lucas, 16, 19-21).

que reírse. Pero como ya he apuntado, en el noventa por ciento de los casos los bufones eran gordos, tripudos y torpones, de modo que tener a Hop-Frog[4] (que tal era el nombre del suyo) le representaba al rey una fuente, y no pequeña, de satisfacciones, pues disponía en una sola persona de un tesoro triplicado.[5]

Creo que Hop-Frog no fue el nombre que le dieron sus padrinos al bautizarle, sino el que, de común acuerdo, le impusieron los siete ministros por su incapacidad para caminar como todo el mundo. De hecho, los andares de Hop-Frog eran como entrecortados, a medio camino entre un brinco y un espasmo, con movimientos que divertían enormemente al rey y, por supuesto, le reconfortaban, ya que (a pesar de su barriga protuberante[6] y del tamaño considerable que siempre tuvo su cabeza) la corte entera consideraba espléndida su silueta.

Pero si con sus piernas deformes Hop-Frog sólo a duras penas lograba cruzar una estancia o andar por un camino, la fuerza prodigiosa que la naturaleza parecía haberle puesto en los brazos, en compensación por sus piernas deficientes, le permitía portentos[7] de destreza cuando se trataba de trepar a un árbol, o por una soga, o cosas así. En tales ocasiones más se parecía a una ardilla o a un macaco[8] que a una rana.

No podría decir con exactitud el país del que venía Hop-Frog. Se trataba, en todo caso, de alguna región bár-

6 *protuberante*: que sobresale en exceso.
7 *portento*: acción singular por su extrañeza o novedad.
8 *macaco*: especie de mono.

4 Literalmente, 'rana saltarina'.
5 Los enanos fueron habituales en las cortes europeas durante siglos, alcanzando su mayor popularidad entre los siglos XV y XVII. Aunque se consideraban como un mero entretenimiento, a veces destacaban por su ingenio y su habilidad para las intrigas, como por ejemplo Jeffrey Hudson, bufón real de Carlos I de Inglaterra, conocido por su carácter aventurero. Para la fuente de inspiración de Hop-Frog, véase la «Introducción» (p. XXXVIII).

bara, de la que nunca nadie había oído hablar, y muy distante de la corte de nuestro rey. A Hop-Frog y a una jovencita algo menos enana que él (aunque exquisitamente proporcionada y excelente bailarina) los habían arrebatado de sus hogares en territorios limítrofes, y uno de los siempre victoriosos generales se los había enviado al rey como obsequio.

En tales circunstancias, no ha de extrañar que una gran intimidad naciera entre los dos pequeños cautivos y que al poco tiempo se juraran amistad eterna. Aunque a todos entretenía, Hop-Frog estaba lejos de ser popular, por lo que no podía conseguirle a Trippeta grandes cosas; era ella la que contaba con el favor y la admiración de todos por su gracia y su exquisita belleza (aunque fuese enana), lo que le daba una considerable influencia que, siempre que podía, no dudaba en poner al servicio de Hop-Frog.

Con ocasión de un importante acontecimiento —no recuerdo cuál—, el rey decidió dar un baile de máscaras; y cuando en la corte había una mascarada o celebración similar, siempre se recurría al talento de Hop-Frog y de Trippetta. Sobre todo Hop-Frog tenía tanta imaginación para organizar espectáculos, para idear personajes novedosos y diseñar el vestuario de los bailes, que parecía que nada podía hacerse sin él.

Llegó la noche elegida para la fiesta. Bajo la supervisión de Trippetta, se había dispuesto un salón espléndido, con toda suerte de adornos para dar mayor vistosidad a la mascarada. En toda la corte había una expectación febril. En cuanto a trajes y disfraces, bien podrá suponerse que ya todos los tenían decididos. Muchos habían elegido el personaje que iban a encarnar con una semana, o incluso con un mes de antelación; de hecho, no quedaba ni un solo indeciso..., excepto el rey y sus siete ministros. Nunca supe por qué dudaban, a menos que todo fuera una broma. Lo más probable es que, estando tan gordos, les resultara difícil decidirse. En todo caso, el tiempo volaba y, como último recurso, mandaron llamar a Trippetta y a Hop-Frog.

Cuando los dos amigos acudieron a la llamada del rey, lo encontraron sentado con una copa de vino y en compañía de los miembros de su gabinete; pero el monarca parecía estar de muy mal humor. Sabía que a Hop-Frog no le gustaba el vino, porque alteraba al pobre lisiado casi hasta la locura, y la locura no es una sensación agradable.[6] Pero al rey le gustaba gastar bromas y se divertía obligando a Hop-Frog a beber y a ponerse alegre (como él decía).

---

6 La reacción de Hop-Frog al alcohol es similar a la que experimentaba Poe.

—Ven aquí, Hop-Frog —le dijo al entrar el bufón y su amiga en la sala—; apura este vaso a la salud de los amigos ausentes —aquí Hop-Frog suspiró— y veamos qué nos inventas. Necesitamos disfraces..., disfraces, muchacho, algo nuevo, fuera de lo común. Estamos cansados de ver siempre lo mismo. ¡Venga, bebe!, el vino te aguzará el ingenio.

Hop-Frog intentó, como siempre, contestar a las palabras del rey con una humorada;[9] pero las fuerzas no le alcanzaron: ocurría que era el cumpleaños del pobre enano, y la orden de beber a la salud de los amigos ausentes hizo aflorar lágrimas a sus ojos. Amargas lágrimas cayeron en la copa mientras bebía, humildemente, de la mano del tirano.

—¡Ja, ja, ja! —rugió el rey, mientras el enano vaciaba el vaso con desgana—. ¡Mira lo que puede hacer un buen vino! ¡Ya te brillan los ojos!

¡Pobre hombre! Los ojos, más que brillar, le destellaban, porque el efecto del vino en su sensible cerebro era tan poderoso como instantáneo. Dejó nervioso el vaso en la mesa y miró a los allí congregados con ojos como de loco. Todos parecían divertirse mucho con la broma del rey.

—Y ahora, manos a la obra —dijo el primer ministro, un hombre muy gordo.

—Sí —dijo el rey—. Vamos, Hop-Frog, échanos una mano. A todos nos hacen falta disfraces, querido amigo, ¡ja, ja, ja!

Y como estas palabras pretendían en serio ser un chiste, su risotada se vio secundada por los siete ministros.

Hop-Frog también rió, aunque débilmente y un tanto distraído.

9 *humorada*: dicho gracioso o extravagante.

—¡Vamos, hombre! —dijo el rey, impaciente—, ¿no se te ocurre nada?

—Intento dar con algo nuevo —respondió con vaguedad el enano, porque el vino le había afectado bastante.

—¡Intento! —gritó el tirano, enfurecido—: ¿qué quieres decir con eso? ¡Ah, ya entiendo! No estás en vena y te hace falta más vino. ¡Pues bebe!

Y llenó otro vaso y se lo ofreció al enano, que se limitó a mirarlo, con la respiración entrecortada.

—¡Bebe, te digo! —gritó el monstruo—, o por todos los demonios que...

El enano titubeó. El rey se puso rojo de ira. Los cortesanos forzaban una sonrisa. Trippetta, pálida como un cadáver, se acercó al trono del monarca y, de rodillas a sus pies, le imploró que disculpara a su amigo.

El tirano la miró unos instantes, evidentemente sorprendido por su audacia. Desde luego parecía no saber qué hacer o qué decir..., o cómo expresar de la forma más adecuada su indignación. Por fin, sin pronunciar palabra, la apartó con un gesto violento y le arrojó a la cara todo el vino del vaso rebosante.

La pobre muchacha se levantó como pudo y, sin atreverse siquiera a suspirar, volvió a su sitio al pie de la mesa.

Durante el silencio sepulcral de casi medio minuto que siguió podría haberse oído la caída de una hoja o de una pluma. Lo interrumpió un chirrido apagado, discordante y prolongado, que parecía proceder a un tiempo de todos los rincones de la sala.

—¿Por..., por... por qué haces ese ruido? —preguntó el rey, volviéndose furioso hacia el enano.

Este último parecía haberse recobrado bastante de su estado anterior y, mirando fijamente a la cara del tirano, se limitó tranquilamente a decir:

—¿Yo..., yo...? ¿Cómo podría haber sido yo?

—Parecía venir de fuera —observó un cortesano—. Supongo que era el loro de la ventana que se afilaba el pico con los alambres de la jaula.

—Es posible —respondió el monarca, como aliviado por la idea—: pero habría jurado, por mi honor de caballero, que a este holgazán le rechinaban los dientes.

Se rió entonces el enano (la fama de bromista del rey le impedía molestarse cuando alguien se reía), y mostró unos dientes grandes, potentes y asquerosos. Es más, se mostró bien dispuesto a beber todo el vino que le dieran. El monarca se tranquilizó y Hop-Frog, tras vaciar otro vaso sin que en apariencia le afectara, en seguida se dispuso animoso a planear la mascarada.[10]

—No sé por qué asociación de ideas —dijo muy tranquilo, como si no hubiera probado el vino en su vida—, pero justo después de que su majestad golpeara a la muchacha y le tirara el vino a la cara..., justo después, y mientras el loro hacía ese ruido extraño en la ventana, se me ocurrió una diversión magnífica..., un juego de mi tierra, muy popular entre nosotros en los bailes de disfraces, pero que aquí será toda una novedad. Por desgracia, sin embargo, harían falta ocho personas y...

—¡Aquí nos tienes! —exclamó el rey, riéndose de su propia agudeza al descubrir la coincidencia—; ni uno más ni uno menos: yo y mis siete ministros. Di, ¿de qué se trata?

—Lo llamamos los Ocho Orangutanes Encadenados, y desde luego es un número magnífico si se hace bien —explicó el enano.

—¡Nosotros lo haremos bien! —exclamó el rey, poniéndose en pie y entornando los ojos.

10 *mascarada*: fiesta o baile de máscaras.

—Lo bonito del juego —continuó Hop-Frog— es el miedo que infunde a las mujeres.

—¡Estupendo! —gritaron a coro el monarca y sus ministros.

—Yo os disfrazaré de orangutanes: dejadlo de mi cuenta —prosiguió el enano—. El parecido será tan asombroso que todos los asistentes al baile os tomarán por auténticos animales..., y por supuesto, su miedo será tanto como su sorpresa.

—¡Oh, exquisito! —exclamó el rey—. ¡Hop-Frog, voy a hacer de ti todo un hombre!

—Las cadenas son para que con el ruido aumente la confusión. Se supone que os habéis escapado de la jaula todos juntos. Su majestad no puede imaginar el efecto que en una fiesta de máscaras producen ocho orangutanes encadenados, a los que casi todos van a creer auténticos, y que aparecen con gritos salvajes entre una amplia concurrencia de disfraces elegantes y delicados. El contraste es increíble.

—Debe de serlo —dijo el rey, y el consejo se apresuró a levantarse (pues se hacía tarde) para poner en práctica el plan de Hop-Frog.

Los disfrazó de orangutanes de modo muy simple, pero para sus propósitos bastante efectivo. En la época de este relato tales animales rara vez habían sido vistos en el mundo civilizado; y como las imitaciones hechas por el enano se parecían mucho a animales auténticos y resultaban también bastante repelentes, el realismo pareció asegurado.

Al rey y a los siete ministros se les puso primero una camiseta y unos calzones ajustados. Se los cubrió después de brea. En ese momento uno de los ocho sugirió usar plumas, pero el enano en seguida descartó la idea, y poco le costó convencerles, con una demostración visual, de que el pelo de animales como el orangután se imita mucho mejor con estopa. Así que sobre la brea se añadió una gruesa capa de ese material. Se trajo entonces una cadena larga que se le puso al rey en torno a la cintura, bien sujeta; luego a otro, bien sujeta también, e igualmente a todos los demás. Una vez así encadenados, y separados unos de otros hasta donde la cadena permitía, formaron un círculo. En el interior del círculo Hop-Frog trazó entonces con la cadena sobrante dos diámetros perpendiculares, según se viene haciendo hoy en día en Borneo, en las cacerías de chimpancés y otros grandes simios.

El gran salón donde se iba a celebrar el baile era una estancia circular, de techos muy altos, iluminada tan sólo por una claraboya. La sala se había diseñado especialmente para usos nocturnos: la iluminación principal procedía entonces de una gran lámpara que colgaba de una cadena bajo la claraboya; se la subía y bajaba con los contrapesos habituales, que pasaban por el exterior de la cúpula y por el tejado para que no se vieran.

De la decoración de la sala se había encargado Trippetta, pero parece que en algunos detalles se había dejado guiar por el gusto más reposado de su amigo el enano. Fue sugerencia suya que para esta ocasión se retirara la lámpara. Las gotas de cera (imposibles de evitar en días tan calurosos) habrían supuesto un serio peligro para los disfraces de los invitados: con lo lleno que iba a estar el salón, no podía esperarse que todos dejaran libre el espacio central bajo la lámpara. Se añadieron aquí y allá algunos candelabros, que no estorbaban, y en la mano derecha de cada una de las Cariátides[11] adosa-

11 *cariátides*: esculturas de mujer que sirven de columna a un edificio, como en los templos de la Grecia Clásica.

das a la pared (unas cincuenta o sesenta en total) se colocó una antorcha que despedía un aroma agradable.

Por consejo de Hop-Frog, los ocho orangutanes esperaron pacientemente hasta la medianoche para hacer su aparición (cuando los invitados abarrotaban ya el salón). Sin embargo, apenas había cesado el reloj de dar la hora cuando los ocho irrumpieron en la sala, o más bien rodaron, porque el estorbo de las cadenas les hizo tropezar y caer a casi todos a medida que entraban.

La sorpresa de los invitados fue extraordinaria y llenó de regocijo el corazón del rey. Como habían supuesto, no fueron pocos los que creyeron que aquellas fieras criaturas pertenecían a alguna especie animal, aunque no fueran precisamente orangutanes. El miedo hizo gritar a muchas damas; y si el rey no hubiera tenido la precaución de prohibir en el salón todo tipo de armas, la farsa de los ocho podría allí mismo haber acabado en sangre. Dada la situación, toda la concurrencia se abalanzó hacia las puertas, pero el rey había ordenado cerrarlas en cuanto ellos entraran; y, por indicación del enano, él mismo guardaba las llaves.

En medio de todo el tumulto, con los invitados preocupados sólo de su seguridad personal (porque en realidad había mucho peligro por los empujones de la asustada concurrencia), podría haberse visto descender muy despacio la cadena que habitualmente sujetaba la lámpara, recogida ahora para la ocasión, hasta que el gancho quedó finalmente a un metro del suelo.

Varias veces el rey y sus amigos recorrieron el salón, hasta acabar situándose en el mismo centro y, por supuesto, justo debajo de la cadena. Una vez allí, el enano, que les había seguido discretamente animándoles a mantener la conmoción, agarró la cadena del grupo por el punto donde se cruzaban los dos ejes del círculo y en un santiamén insertó el gancho del que solía colgar la lámpara. Al momento una mano invisible alzó la cadena hasta una altura que la hacía ya inalcanzable, y con ella alzó también a los orangutanes, todos apiñados cara a cara.

Para entonces los invitados se habían recobrado un tanto de su sobresalto: comenzaban a pensar que se trataba de una farsa ingeniosa, lo que les provocó a todos una gran carcajada por los apuros que estaban pasando los simios.

—¡Dejádmelos a mí! —gritó entonces Hop-Frog; y el chillido de su voz se oyó con claridad en toda la estancia—. Dejádmelos a mí. Creo que ya sé quiénes son. En cuanto les ponga la vista encima os diré de quién se trata.

Saltando por entre la multitud, consiguió llegar hasta la pared, echó mano a una antorcha de las Cariátides, volvió a situarse en el centro del salón, se encaramó con la agilidad de un mono a la cabeza del rey y desde allí escaló un buen trecho de la cadena, acercando la antorcha a los orangutanes para verlos mejor, al tiempo que gritaba:

—¡Pronto sabré quiénes son!

Y entonces, mientras toda la concurrencia (incluidos los simios) se retorcían de risa, el bufón emitió de pronto un agudo silbido, y, de un tirón, la cadena se alzó unos diez metros, arrastrando con ella a los orangutanes, confusos en su intento de liberarse, hasta dejarlos suspendidos a medio camino entre el suelo y la claraboya. Mientras ascendía la cadena, y como si nada ocurriera, Hop-Frog, agarrado siempre a ella, mantenía la misma postura por encima de los ocho simios y seguía alumbrándoles con la antorcha, como intentando averiguar quiénes eran.

Lo ocurrido dejó a todos tan absolutamente atónitos

que durante cerca de un minuto hubo un silencio sepulcral, que quedó roto por un chirrido tan sordo y discordante como el que atrajo la atención del rey y sus consejeros cuando el monarca tiró el vino a la cara de Trippetta. Pero ahora ya no cabía dudar de dónde provenía el ruido: venía de las fauces del enano, que hacía rechinar sus enormes dientes mientras echaba espuma por la boca y miraba con aire de rabia enloquecida las caras estupefactas del rey y sus siete compañeros.

—¡Ah! —exclamó finalmente el enfurecido bufón—. ¡Ah! ¡Ya me hago idea de quiénes son!

Entonces, aparentando estudiar al rey más de cerca, arrimó la antorcha a la capa de estopa que lo cubría y que de inmediato estalló en una llamarada. En un abrir y cerrar de ojos los ocho orangutanes quedaron envueltos en llamas, entre los gritos de la multitud que los contemplaba horrorizada e incapaz de prestarles la menor ayuda.

Poco después, la fuerza de las llamas ganó de pronto en virulencia, lo que obligó al bufón a trepar más aún por la cadena para escapar de ellas; al hacerlo, los invitados callaron de nuevo durante un breve instante. El enano aprovechó la ocasión y dijo:

—Ya veo claramente de quién se trata: un gran monarca y sus siete consejeros..., un rey que no tiene escrúpulos en golpear a una muchacha indefensa, y sus siete consejeros que le secundan en el ultraje. En cuanto a mí, no soy sino Hop-Frog, el bufón..., y ésta es mi última bufonada.

Como la estopa y la brea que servía de base eran altamente combustibles, la venganza se había casi consumado cuando el enano terminó de pronunciar su breve discurso. Los ocho cuerpos colgaban ya de las cadenas: una masa amorfa, fétida, ennegrecida, horrenda. El lisiado les arrojó la antorcha, trepó sin prisa hasta el mismo techo y desapareció por la claraboya.

Se dice que Trippetta fue desde el tejado cómplice de su amigo en aquel fuego vengador, y que juntos huyeron a su país, pues nadie volvió a ver nunca a ninguno de los dos.

El pozo y el péndulo

Impia tortorum longos hic turba furores
Sanguinis innocui, non satiata, aluit.
Sospite nunc patriâ, fracto nunc funeris antro,
Mors ubi dira fuit, vita salusque patent.

(Cuarteto compuesto para las puertas de un mercado que iba a construirse en el solar del Club Jacobino de París)[1]

Estaba enfermo, al borde de la muerte tras aquella larga agonía; y cuando por fin me soltaron y pude sentarme, noté que los sentidos me abandonaban. La sentencia, la temida sentencia de muerte fue la última frase que llegó a mis oídos. Después, el sonido de las vo-

1 El significado de los versos es: «Una impía multitud de verdugos, insaciada, ha alimentado aquí sus prolongados deseos incontenibles de sangre inocente. Ahora que la patria está a salvo y se ha demolido la caverna y la morada de la lúgubre muerte, ahora florecen la salud y la vida». El club Jacobino fue una asociación política democrática fundada en 1789 cuyo objetivo inicial era defender los logros de la Revolución Francesa contra los posibles ataques de la aristocracia. Pero, con la llegada de la dictadura revolucionaria (1793), los jacobinos lideraron, bajo la influencia de Robespierre, la represión política y el reino del Terror, propugnando la decapitación de miles y miles de ciudadanos o de aristócratas sospechosos de sustentar opiniones contrarias a la revolución. El nombre del club proviene del local donde se reunían, el refectorio de un antiguo convento de dominicos —conocidos como *jacobinos* en París—, convertido después en el mercado de St. Honoré.

ces inquisidoras[2] pareció fundirse en un murmullo impreciso y somnoliento que me trajo a la memoria la idea de revolución, quizá porque mi imaginación lo asoció con el ronroneo de una rueda de molino. Pero duró sólo un instante: al poco dejé de oírlo. Sin embargo, seguí viendo durante un buen rato, ¡aunque con qué terrible distorsión! Vi los labios de los jueces de togas negras. Se me antojaron labios blancos, más blancos que la página en la que ahora escribo, y grotescamente delgados, delgados en la intensidad de su expresión de firmeza, de decisión inamovible, de sombrío desprecio de la tortura humana. Vi que la sentencia de lo que era mi Destino seguía saliendo de aquellos labios. Los vi gesticular con una mueca mortal. Les vi articular las sílabas de mi nombre, pero me estremecí porque no se oyó sonido alguno. Vi también, en un instante de horrendo delirio, el movimiento suave y apenas perceptible de los tapices negros que cubrían los muros de la sala.[3] Y entonces mis ojos se detuvieron en los siete velones que había sobre la mesa. Al principio, con un aire que me pareció caritativo, se me antojaron ángeles blancos y esbeltos que iban a salvarme; pero luego, de pronto, de mi espíritu se apoderó una náusea mortal y sentí que las fibras todas de mi ser temblaban como si hubiera tocado el cable de una pila

2 En España el Tribunal de la Santa Inquisición fue independiente de la inquisición medieval europea, que aparece en 1233 cuando el Papa Gregorio IX encarga a la orden de los dominicos descubrir a los herejes en el sur de Francia. El Tribunal español fue fundado por los Reyes Católicos y se convirtió en vehículo de persecución política e ideológica. La Inquisición española no fue abolida definitivamente hasta 1820, y aún se conservan muchos de los sofisticados instrumentos que utilizaban en sus torturas. Este relato se sitúa en 1808, al producirse la invasión de las tropas napoleónicas.

3 En la revista *Blackwood's Magazine* apareció en 1826 un artículo en que se recogía el siguiente testimonio de una víctima de la Inquisición: «[La sala de interrogatorios y tortura] era una larga sala subterránea, con arcadas, las paredes recubiertas de negros tapices y débilmente iluminada por velones [...]: la mansión misma de la muerte, en la que todo estaba calculado para inspirar terror».

galvánica,[1] mientras las formas angelicales se disolvían en vacuos[2] espectros de cabezas llameantes. Y vi que de ellos no cabía esperar ayuda. Luego, como una hermosa melodía, en mi fantasía entró a hurtadillas[3] la idea del dulce descanso que ha de haber en la tumba. Furtiva y calladamente me vino la idea, y pareció transcurrir un largo rato hasta que acabó cobrando cuerpo en mi interior; pero justo en el momento en que por fin mi espíritu alcanzaba a sentirla y apreciarla, las siluetas de los jueces se desvanecieron ante mí como por arte de magia; las velas se sumieron en la nada; las llamas se apagaron; sobrevino la negrura de la oscuridad; todas las sensaciones parecieron quedar engulli-

1 *pila galvánica*: pila eléctrica.
2 *vacuo*: vacío.
3 *a hurtadillas*: sin que nadie lo note.

das en un vertiginoso y alocado descenso, como el del alma camino de los Infiernos. Después, el universo no fue ya más que silencio, calma y noche.

Me había desmayado, pero no diré que con pérdida total del conocimiento. No sabría definir cuánto me quedaba, ni siquiera describirlo, pero no lo había perdido del todo. En un profundo sopor..., ¡no!, en un delirio..., ¡no!, desmayado..., ¡no!, muerto..., ¡no!, porque incluso en la tumba no todo está perdido. Si no, el hombre no sería inmortal. Al despertar del más profundo sopor quebramos la fina telaraña de algún sueño; pero un segundo después (tan frágil puede ser esa telaraña) no recordamos ya lo que hemos soñado.

Cuando se recobra la conciencia tras un desmayo, se pasa por dos fases: primero, la sensación de vida psíquica o espiritual, después, la de existencia física. Si al llegar a ese segundo momento pudiéramos recordar las impresiones del primero, es probable que las encontráramos llenas de recuerdos del abismo que se abre más atrás. Y ese abismo es..., ¿qué es? ¿Cómo distinguir sus sombras de las de la tumba? Pero, aunque las impresiones de lo que he llamado primera fase no pueden recordarse a voluntad, ¿no emergen ellas espontáneamente tras un largo intervalo, al tiempo que nosotros nos preguntamos de dónde nos llegan? Quien nunca se ha desmayado no llega a ver entre las brasas mansiones extrañas y extraños rostros familiares; no es él quien ve suspendidas en el aire las tristes visiones que los demás no alcanzan a ver; no es él quien pondera[4] el perfume de una nueva flor...; no es él quien se queda perplejo ante el significado de una cadencia musical a la que antes nunca había prestado atención.

4 *ponderar*: evaluar, considerar, alabar.

En mis solícitos[5] y frecuentes intentos de recordar, en mis intensos esfuerzos por recuperar algún recuerdo del estado de aparente vacío en que mi alma caía, ha habido momentos en los que he imaginado que lo conseguía: ha habido períodos breves, muy breves, en los que he conjurado unos recuerdos que la mente lúcida de un tiempo posterior me dice que sólo pueden referirse a ese estado de aparente inconsciencia. Esas sombras de la memoria me hablan vagamente de altas figuras que me alzaban y en silencio luego me hundían..., más..., más aún..., y un horrendo mareo me oprimía ante la mera idea de aquel descenso interminable. Me hablan también de un vago terror del corazón, por la calma anormal de ese mismo corazón. Luego llega una sensación de repentina inmovilidad en todas las cosas, como si ese cortejo espantoso que me lleva hubiera sobrepasado en su descenso los límites del infinito y la fatiga de su esfuerzo les hubiera detenido. Luego rememoro algo llano y húmedo. Y luego todo es locura..., la locura de una memoria que se afana entre temas prohibidos.

De pronto regresan al alma el movimiento y el sonido: el movimiento tumultuoso del corazón y en los oídos el sonido de sus latidos. Luego una pausa en la que todo es vacío. Luego otra vez el ruido, y el movimiento, y el tacto..., una sensación de hormigueo en todo el cuerpo. Luego la mera conciencia de que existo, sin pensamientos..., un estado que dura largo tiempo. Luego, de repente, el pensamiento, y un miedo cerval, y un esfuerzo vehemente por comprender mi verdadero estado. Luego, un deseo imperioso[6] de caer en la insensibilidad. Luego, un impulso revitalizador del alma y un esfuerzo eficaz

5 *solícito*: cuidadoso.
6 *imperioso*: urgente, ineludible.

por moverme. Y ahora ya, el recuerdo completo del juicio, de los jueces, los negros ropajes, la sentencia, el mareo, el desmayo. Luego, olvido completo de todo lo que siguió, de todo lo que el tiempo y un esfuerzo decidido me han permitido rememorar vagamente.

Hasta entonces no había abierto los ojos. Sentía que estaba tumbado y sin atar. Estiré la mano, que cayó pesadamente sobre algo húmedo y duro. La dejé allí un buen rato, mientras intentaba imaginar dónde podía estar y qué podía ser yo. Deseaba abrir los ojos, pero no me atrevía. Me asustaba la primera mirada a lo que me rodeaba. No es que tuviera miedo de ver cosas horribles: me espantaba más bien la idea de que no hubiera nada que ver. Al cabo, con el corazón inconteniblemente desesperado, abrí de pronto los ojos y mis peores temores se vieron confirmados. Me envolvía la negrura de la noche eterna. Me afané por respirar. La intensa oscuridad parecía oprimirme y asfixiarme. La pesadez de la atmósfera era insoportable. Seguí inmóvil, esforzándome por razonar. Recordé el proceso inquisidor, y a partir de él intenté deducir mi verdadera situación. Se había dictado sentencia, y tenía la sensación de que desde entonces había transcurrido mucho tiempo. Pero ni por un momento pensé que ya estaba muerto. Contra lo que se lee en las novelas, una sensación como ésa es del todo incompatible con la existencia real. Aun así, ¿dónde estaba yo, y en qué estado? Sabía que los condenados a muerte normalmente perecían en los autos de fe,[4] y había ha-

4 El auto de fe era una ceremonia de la Inquisición española en la que se leía públicamente la sentencia (cárcel, azote, confiscación de bienes, muerte en la hoguera) y, en su caso, se ejecutaba al convicto, después de haber celebrado una procesión y una misa. A los herejes se les ponía el *sambenito* (un camisón negro o amarillo de penitente con una cruz roja en el pecho y la espalda), y una *coroza* o mitra en la cabeza. El último auto de fe tuvo lugar en España en 1781, y, en Méjico, en 1815.

bido uno en la noche del mismo día en que fui juzgado. ¿Me habían devuelto a mi celda a la espera del siguiente holocausto,[7] que no tendría lugar hasta dentro de muchos meses? En seguida vi que aquello era imposible. Había habido mucha demanda de víctimas. Además, la celda en que había estado, como todas las de los condenados de Toledo,[5] tenía empedrado el suelo y la oscuridad no era en ella total.

De pronto una idea atroz me inundó de torrentes de sangre el corazón y durante unos momentos volví a quedar inconsciente. Una vez repuesto, me puse en seguida en pie, todo el cuerpo convulso y tembloroso. Moví enloquecido los brazos en todas las direcciones. No toqué nada, pero me asustaba dar un solo paso, no fuera que me detuvieran las paredes de una tumba. El sudor me brotaba por todos los poros, y gotas gruesas y frías me cubrían la frente. La agonía de la incertidumbre se me hizo al cabo insoportable, y con cuidado me moví hacia adelante, los brazos extendidos, los ojos tensos en sus cuencas, intentando atisbar algún débil rayo de luz. Avancé un buen trecho, pero todo seguía siendo oscuridad y vacío. Respiré con algo más de alivio. Parecía que la mía, al menos, no era la más horrenda de las suertes.

Mientras seguía avanzando cautelosamente, se agolparon en mi recuerdo cientos de vagos rumores sobre los horrores de Toledo. De sus mazmorras se contaban cosas extrañas, que siempre me habían parecido fabulaciones, pero aun así extrañas y demasiado espantosas para irlas repitiendo, salvo en voz baja. ¿Me habían dejado en ese mundo subterráneo de tinieblas para que muriera de

7 *holocausto*: sacrificio en que se quema a una víctima.

5 Toledo fue durante muchos siglos la capital espiritual del catolicismo español, y un importante centro de las actividades de la Inquisición. La acción del relato transcurre en esta ciudad.

hambre? ¿O qué destino, quizá aún más terrible, me aguardaba? Conocía demasiado bien el talante de mis jueces para dudar de que el desenlace final sería la muerte, y una muerte más cruel que de costumbre. El modo y la hora era lo único que me ocupaba o me distraía.

Al cabo, mis brazos estirados se toparon con un obstáculo sólido. Era un muro que parecía de piedra, muy liso, frío y viscoso. Seguí palpándolo: una cautelosa desconfianza, inspirada por antiguos relatos, acompañaba cada paso que daba. Aquel sistema, sin embargo, no me permitía hacerme una idea de las dimensiones de la mazmorra, ya que el muro parecía tan uniformemente liso que podía recorrerlo entero y regresar sin darme cuenta al mismo punto de partida. Busqué, pues, la navaja que tenía en el bolsillo cuando me llevaron al tribunal de la Inquisición, pero había desaparecido: en vez de mis ropas llevaba ahora un blusón de estameña[8] basta. Había pensado hundir la hoja en alguna grieta diminuta de la pared para identificar así el punto de partida. Pequeño inconveniente, sin embargo, era aquél, aunque al principio, en mi desordenada fantasía, me pareció insuperable. Rasgué el dobladillo del blusón y coloqué un trozo bien estirado, en ángulo recto con la pared. Al recorrer a tientas el perímetro de la celda tendría necesariamente que volver a encontrarme con aquel jirón. Por lo menos así lo creía, aunque no había tenido en cuenta la amplitud del subterráneo ni mi propio agotamiento. El suelo estaba húmedo y resbaladizo. Avancé tambaleante un trecho, hasta que tropecé y caí. Quedé allí postrado por mi extrema fatiga, y al poco me venció el sueño.

Cuando desperté, estiré el brazo y encontré junto a mí un pedazo de pan y una jarra de agua. Estaba dema-

8 *estameña*: tejido de lana sencilla.

siado exhausto[9] para considerar esta circunstancia, pero comí y bebí con avidez.[10] Poco después reanudé la exploración de la mazmorra y, con no poco esfuerzo, llegué por fin al jirón de estameña. Hasta el momento de mi caída había contado cincuenta y dos pasos, y luego cuarenta y ocho más hasta alcanzar el trozo de tela: cien pasos, pues, en total. Calculando dos pasos por metro, concluí que el lugar tenía un perímetro de cincuenta metros. Sin embargo, en el muro había encontrado muchos ángulos, lo que me impedía imaginar la forma de la cripta (porque no dejaba de pensar que se trataba de una cripta).

Carecía de sentido aquella exploración, y carecía desde luego de esperanza, pero una vaga curiosidad me empujaba a seguir adelante. Me aparté del muro y decidí cruzar el recinto. Al principio anduve con mucho cuidado porque, aunque parecía consistente, el suelo estaba cubierto de un limo[11] traicionero. Acabé, sin embargo, por armarme de valor y sin dudarlo avancé con decisión, atento a cruzar en línea tan recta como pudiera. Había dado así diez o doce pasos cuando se me enredó entre las piernas el colgajo desgarrado del dobladillo; lo pisé y caí violentamente de bruces.

Confuso por la caída, no me percaté al principio de una circunstancia un tanto sorprendente que, a los pocos segundos, y mientras seguía postrado, atrajo mi atención: tenía la barbilla apoyada en el suelo de la mazmorra, pero aunque aparentemente los labios y la parte superior de la cabeza estaban más bajas que la barbilla, no tocaban nada. Al mismo tiempo la frente parecía bañada por un vapor pegajoso y hasta mi olfato llegaba un

9 *exhausto*: agotado por completo.
10 *avidez*: ansia.
11 *limo*: lodo, cieno.

olor peculiar a moho putrefacto. Extendí el brazo y me estremecí al descubrir que había caído al borde mismo de un pozo circular, cuyas dimensiones, lógicamente, no tenía por entonces posibilidad de calcular. Tanteando la mampostería[12] justo bajo el borde, logré arrancar un fragmento de piedra y lo dejé caer al vacío. Durante muchos segundos escuché sus ecos contra las paredes de la sima a medida que la caída se aceleraba, hasta que al fin se oyó un chapoteo sordo, seguido de un eco más sonoro. En ese mismo instante, por encima de mí se oyó el ruido como de una puerta que se abre y rápidamente se cierra, al tiempo que un rayo débil de luz cruzó de repente la oscuridad y también de repente se apagó.

Comprendí el destino que se me había preparado y me alegré del oportuno accidente que me había salvado: un paso más, antes de mi oportuna caída, y habría desaparecido del mundo. La muerte que acababa de evitar era del mismo estilo que las de las historias que corrían sobre la Inquisición, que yo había considerado frívolas y fabulosas. A las víctimas de aquella tiranía se les daba a elegir una muerte entre horrendas agonías físicas o entre los más espantosos terrores morales. A mí me habían reservado estos últimos. El largo sufrimiento me había destrozado los nervios, hasta el punto de que el sonido de mi propia voz me hacía temblar, lo que me convertía sin duda en víctima propicia a la clase de tortura que me aguardaba.

Temblando de pies a cabeza, volví a tientas hasta la pared, decidido a perecer allí antes que arriesgarme a los horrores de los muchos pozos que mi imaginación veía ahora desperdigados por toda la mazmorra. En otro estado de ánimo podría haber tenido el valor de acabar

12 *mampostería*: obra hecha con piedras sin labrar.

de una vez con mi infortunio arrojándome a uno de aquellos abismos, pero en aquel momento yo era el mayor de los cobardes. Y tampoco podía olvidar lo que había leído sobre esos pozos: la muerte súbita[13] no formaba parte de su terrible plan.

La agitación interior me mantuvo muchas horas despierto, pero al fin volví a quedarme medio dormido. Al despertar, encontré a mi lado, igual que antes, un pedazo de pan y una jarra de agua. Me consumía una sed ardiente y vacié la jarra de un solo trago. Debía contener alguna droga, porque apenas la había bebido cuando sentí una irresistible modorra. Se apoderó de mí un sueño profundo..., un sueño como el de la muerte. Ignoro, por supuesto, cuánto duró, pero cuando volví a abrir los ojos pude ya ver los objetos que me rodeaban. Un extraño brillo sulfúreo,[14] cuyo origen al principio no se me alcanzaba, me permitió conocer las dimensiones y el aspecto de la prisión.

Con respecto al tamaño me había equivocado mucho. Todo el perímetro no tenía más de veinticinco metros. Este hecho me llenó de inútil preocupación durante unos minutos; ciertamente inútil, desde luego, porque, en las terribles circunstancias en que me hallaba, ¿qué podía tener menos importancia que las dimensiones de mi celda? Pero mi espíritu mostraba un interés exagerado por cosas nimias,[15] y yo no cesaba de buscar una explicación al error que había cometido en las medidas. Por fin descubrí el motivo: en mi primera exploración había contado cincuenta y dos pasos hasta la caída; tuve que estar entonces a un paso o dos del trozo de estameña; de he-

13 *súbita*: repentina.
14 *sulfúreo*: que tiene *azufre*, metaloide que arde con facilidad y asociado por ese motivo con el diablo.
15 *nimia*: insignificante, sin importancia.

cho, casi había completado el recorrido. Entonces me dormí y, al despertar, debo haber vuelto sobre mis propios pasos, lo que me hizo suponer que el perímetro era casi el doble. La confusión en que me hallaba me impidió caer en la cuenta de que había comenzado el recorrido con la pared a mi izquierda y que lo había terminado con la pared a mi derecha.

La forma del recinto también me había engañado. Al tantear el camino había topado con muchas esquinas, por lo que deduje que era muy irregular: tan fuertemente afecta la oscuridad total a quien despierta de un letargo o un sueño. Eran sólo las esquinas de unos pocos huecos o pequeños nichos, distribuidos a intervalos irregulares. La forma de la mazmorra era cuadrada. Lo que había creído piedra me parecían ahora grandes planchas de hierro o de algún otro metal: eran sus juntas o suturas las que producían aquellos huecos. Toda la superficie de las planchas metálicas estaba cubierta de los engendros[16] más espantosos y repelentes que había creado la fúnebre superstición de los monjes. Figuras demoníacas y amenazantes, esqueletos y otras imágenes realmente temibles poblaban y desfiguraban las paredes. Noté que los perfiles de estas monstruosidades eran bastante nítidos, pero que los colores parecían difusos y apagados, como por efecto de la humedad ambiental. Vi también ahora el suelo, que era de piedra. En el centro abría su boca el pozo circular de cuyas fauces me había librado, pero que era el único que había en la mazmorra.

Todo esto lo vi borrosamente y con harto esfuerzo, porque mi propia situación había cambiado mucho durante el sueño. Estaba ahora echado de espaldas, todo a lo largo sobre una especie de pequeño bastidor de madera. Me habían sujetado firmemente a él con una atadura

16 *engendro*: criatura deforme, monstruo.

que parecía un cíngulo[17] y que me rodeaba varias veces el cuerpo y las extremidades, dejándome libre únicamente la cabeza y el brazo izquierdo con el fin de que, no sin gran esfuerzo, pudiera alcanzar la comida de un plato de barro que habían dejado en el suelo, a mi lado. Comprobé horrorizado que se habían llevado la jarra. Y digo horrorizado porque me consumía una sed insoportable. No parecía sino que era intento de mis verdugos estimular aquella sed, porque la comida que había en el plato era una carne sazonada de picante.

Miré hacia arriba e inspeccioné el techo de la prisión. Estaba a diez o doce metros de altura, y construido como las paredes. Me llamó mucho la atención una figura muy extraña en uno de los paneles: era la imagen pintada del Tiempo[6] tal como se lo suele representar, salvo que, en vez de guadaña, sujetaba lo que a primera vista me pareció un péndulo enorme, como el que se ve en los relojes antiguos. Sin embargo, había algo en el aspecto de aquel artilugio que me hizo observarlo con más atención. Mientras lo miraba directamente encima de mí (porque estaba situado justo encima), me dio la impresión de que se movía. Bastó un instante para confirmarlo. Oscilaba un poco, y además despacio. Lo miré unos minutos, con más asombro que miedo. Cansado al cabo de contemplar aquel movimiento monótono, volví los ojos a los demás objetos de la celda.

Un ruido apenas perceptible atrajo mi atención y, al mirar al suelo, vi cómo lo cruzaban varias ratas enormes.

17 *cíngulo*: cordón con una borla a cada extremo con que los sacerdotes se ciñen el alba o los hábitos.

6 El Tiempo se suele representar con la figura de Saturno que lleva una guadaña en la mano para segar la vida de los seres cuando les llega el momento. En el relato, Poe sustituye la guadaña por un péndulo, combinando así la idea del tiempo con el movimiento acompasado y regular del reloj. Parece ser que la "muerte por el péndulo" era una práctica habitual entre los inquisidores españoles. Véase el texto auxiliar 4.3.

Habían salido del pozo, que podía alcanzar con la vista justo a mi derecha. Incluso entonces, mientras miraba, salían en tropel, rápidas, con ojos voraces. Las atraía el olor de la carne, por lo que me costó mucho esfuerzo y dedicación espantarlas.

Quizá transcurrió media hora, o incluso una hora entera (sólo tenía una noción imprecisa del tiempo) antes de que volviera a mirar al techo. Lo que entonces vi me dejó confuso y asombrado. La oscilación del péndulo se había ampliado en casi un metro. Como es lógico, la velocidad era también mucho mayor. Pero lo que más me alteró fue la idea de que había descendido de forma perceptible. Observé entonces, y no hace falta decir con cuánto horror, que el extremo inferior lo formaba una media luna de acero reluciente, de unos treinta centímetros de lado a lado, las puntas hacia arriba, y con el borde tan afilado como el de una navaja. También como una navaja, parecía dura y sólida. El filo se estrechaba en los extremos y formaba cuerpo con una pieza ancha y maciza que tenía encima. Colgaba de una pesada barra de metal, y todo el conjunto silbaba al oscilar en el aire.

Ya no me cabía duda del destino que me había preparado el ingenio torturador de los monjes. Los inquisidores se habían enterado de que conocía el pozo..., el pozo y los horrores destinados a un heterodoxo[18] tan osado como yo..., el pozo, característicamente infernal, al que los rumores consideraban como la Ultima Thule[7] de todos sus suplicios. Un accidente de lo más casual había evitado que cayera en él, y yo sabía bien que la sorpresa o la trampa del tormento eran en estas mazmorras parte im-

18 *heterodoxo*: disconforme con el dogma católico.

7 Según Virgilio (*Geórgicas*, I, 30), la Ultima Thule es el fin del mundo, la tierra más remota. Para los romanos era el punto más al norte, aunque su localización varía según los autores.

portante del barroquismo[19] de la muerte. Al haber evitado la caída, ya no formaba parte de su plan demoníaco empujarme al abismo, con lo que (al no haber alternativa) me aguardaba ahora un final diferente y más benigno. ¡Más benigno! En mi agonía apunté una media sonrisa al pensar en esa palabra y en aquella situación.

¿De qué sirve que detalle aquí las largas, largas horas de terror sobrehumano, durante las cuales conté las veloces vibraciones del acero? ¡Bajaba, bajaba centímetro a centímetro, pasada a pasada, en un descenso sólo apreciable a intervalos que parecían siglos! Pasaron los días, quizá pasaron muchos días antes de que oscilara tan cerca que hasta mí llegaba su fétido[20] aliento. De mi olfato se adueñó el hedor de la afilada cuchilla. Recé..., pedí sin pausa al cielo que acelerara aquel descenso. Me invadió una furiosa locura y me esforcé por incorporarme hasta que mi cuerpo se encontrara con la oscilación de la espantosa cimitarra.[21] Y de pronto me dominó la calma y me quedé sonriendo al brillo de la muerte, como un niño con una chuchería nueva.

Hubo otro intervalo de insensibilidad total, aunque fue breve porque, al recobrar de nuevo la conciencia, no percibí cambio alguno en el descenso del péndulo; pero podría haber sido largo, porque sabía que había demonios que espiaban mis desmayos y podían haber detenido a su antojo el movimiento del péndulo. Cuando me recuperé, me sentí también muy...., ay, indeciblemente débil y enfermo, como después de un largo período de inanición.[22] Incluso en la agonía de aquellos instantes, la naturaleza humana demandaba comida. Con penoso es-

19 *barroquismo*: en este contexto, 'sofisticación, perversidad, masoquismo'.
20 *fétido*: maloliente.
21 *cimitarra*: especie de sable curvado.
22 *inanición*: debilidad enorme por falta de alimentos.

fuerzo alargué el brazo izquierdo hasta donde me permitían las ligaduras y me hice con lo poco que las ratas habían dejado. Al llevarme un trozo a los labios, me sobrevino un pensamiento apenas formulado de alegría..., y de esperanza. Pero, ¿qué teníamos en común la esperanza y yo? Era, como he dicho, un pensamiento apenas formulado..., hay muchos así que nunca se completan. Sentí que era de alegría, de esperanza, pero sentí también que había sucumbido antes de cobrar forma. Traté en vano de completarlo..., de recuperarlo. El largo sufrimiento casi había aniquilado las potencias ordinarias de mi mente: era un imbécil, un idiota.

El movimiento del péndulo era transversal a mí. Vi que la hoja estaba diseñada para cortarme a la altura del corazón. Rasgaría el blusón de estameña..., para volver al mismo punto y repetir la operación..., una y otra vez. A pesar del horrible recorrido de la hoja (unos diez metros o más), a pesar del fuerte silbido de su paso, capaz de cortar aquellas paredes de hierro, lo único que iba a hacerme durante unos minutos era rasgarme el blusón. Y en esa idea me detuve: no me atreví a ir más allá. Me concentré en ella con obstinación..., como si al hacerlo pudiera detener en ese punto el descenso del acero. Me obligué a pensar en el sonido de la cuchilla al cortar la tela, en la peculiar sensación de escalofrío que el roce de la tela produce en los nervios. En tales minucias me entretuve hasta llegar a sentir dentera.

Seguía bajando..., bajando sin pausa. Hallé un extrañísimo placer en contrastar sus dos velocidades, la horizontal y la de su descenso. A la derecha..., a la izquierda..., a un lado, al otro..., con el aullido de un alma condenada..., ¡directo hacia mi corazón con el paso sigiloso de un tigre! Yo me reía o aullaba, según me dominara una u otra idea.

Bajaba..., era obvio que bajaba sin pausa. ¡Oscilaba ya a pocos centímetros de mi pecho! Forcejeé violentamente, furiosamente, para liberar el brazo izquierdo, que sólo tenía libre desde el codo a la mano. Con mucho esfuerzo podía llevarme la mano a la boca desde el plato que tenía al lado, pero nada más. De haber podido librarme de las ataduras que tenía por encima del codo, habría intentado asir y detener el péndulo. Que era como haber intentado detener un alud.

Incesante..., inevitablemente seguía bajando. Me revolvía jadeante a cada paso del péndulo. Me encogía convulso a cada pasada. Con la ansiedad de una insensata desesperación mis ojos seguían su ir y venir, de un extremo al otro; se cerraban espasmódicamente cuando descendía, aunque ¡qué alivio habría sido la muerte, ay, qué indecible alivio! Sin embargo, me temblaban todos los nervios sólo de pensar que un leve descenso de la maquinaria precipitaría sobre mi pecho aquella brillante cuchilla afilada. Era esa esperanza la que provocaba aquel estremecimiento nervioso..., la que encogía todo mi cuerpo. Era la esperanza, esa esperanza que sobrevive hasta en el potro de tortura, la que hasta en las mazmorras de la Inquisición les habla al oído a los condenados a muerte.

Comprobé que bastaban diez o doce oscilaciones para que el acero me alcanzara la ropa, y con tal certeza me invadió de pronto la calma concentrada y profunda de la desesperación. Por primera vez en muchas horas, o quizá días, me puse a pensar. Se me ocurrió entonces que el cíngulo con el que estaba atado era de una sola pieza. Ninguna otra cuerda me sujetaba. El primer roce de la afilada cuchilla bastaría para cortarlo, lo que me permitiría desatarme con ayuda del brazo izquierdo. Pero, ¡qué terrible era en ese caso la proximidad del acero, qué letales[23] las consecuencias del más leve esfuerzo! ¿Cabía pensar, además, que los esbirros[24] de mi torturador no hubieran previsto y anticipado esa posibilidad? ¿Era probable que la cuerda me cruzara el pecho justo en la trayectoria del péndulo? Temeroso de que se frustrara esta débil y (al parecer) última esperanza, alcé la cabeza lo suficiente para verme el pecho. El cíngulo me rodeaba completamente el cuerpo, piernas y brazos, excepto en la trayectoria del péndulo mortal.

No había acabado de apoyar de nuevo la cabeza cuando en mi mente brilló un relámpago que sólo puedo describir como una parte imprecisa de esa idea de liberarme a que antes he aludido, una parte que sólo vagamente me flotaba en el cerebro cuando a mis labios febriles acerqué la comida. Vi entonces la representación completa del plan..., débil, casi insensato, apenas definido..., pero completo ya. Y al momento me decidí a intentar llevarlo a cabo, con toda la nerviosa energía de la desesperación.

Hacía muchas horas que las ratas infestaban literalmente los aledaños[25] del caballete de madera en el que yacía: ratas salvajes, osadas, voraces, con ojos rojos que no dejaban de atisbarme, como si sólo esperaran verme inmóvil para hacer de mí su presa. «¿A qué comida», me pregunté, «se han acostumbrado en el pozo?»

A pesar de mis esfuerzos por evitarlo, habían devorado casi todo el contenido del plato. Ni un momento había cesado yo de mover la mano sobre él, pero al cabo aquel movimiento inconscientemente uniforme había dejado de ser efectivo. En su voracidad, no era raro que me hundieran en los dedos sus aguzados colmillos. Froté

23 *letal*: mortal.
24 *esbirro*: secuaz.
25 *infestar*: apestar, causar estragos, llenar un sitio; *aledaños*: límites.

a conciencia la cuerda, allí donde podía alcanzarla, con los pocos restos pringosos de comida que quedaban; luego alcé el brazo del suelo y me quedé quieto, sin apenas respirar.

Al principio, cuando cesó el movimiento de la mano, el cambio asustó y atemorizó a aquellas alimañas: recularon alarmadas y muchas volvieron al pozo. Pero sólo por un momento. No en vano había tenido yo en cuenta su voracidad. Al observar que no me movía, una o dos de las más atrevidas saltaron al caballete y olisquearon la cuerda. Aquello pareció la señal para el asalto general: tropas de refresco salieron apresuradamente del pozo. Clavaban las uñas en la madera, la recorrían, saltaban sobre mí a centenares. El movimiento regular del péndulo ni siquiera las inmutaba. Evitaban sus golpes, afanadas en la cuerda pringosa. Me oprimían..., pululaban[26] unas sobre otras por encima de mí. Se retorcían sobre mi garganta; sus labios fríos buscaban los míos; a punto estuve de perecer asfixiado bajo aquella multitud; me invadió un asco tal que hasta carece de nombre, un asco de espesa viscosidad que me heló el corazón. Un minuto más, no obstante, y se acabaría la lucha. Me di clara cuenta de que la cuerda se aflojaba. Sabía que en más de un punto ya debía estar cortada. Con obstinación sobrehumana, seguí quieto.

No había errado el cálculo..., ni había aguantado en vano. Sentí que por fin estaba libre. El cíngulo colgaba ahora a tiras. Pero el paso del péndulo ya me oprimía el pecho. Había cortado la estameña. Había cortado el forro interior. Pasó dos veces más y un dolor agudo me invadió los nervios. Pero había llegado el momento de escapar. Di un manotazo y huyeron en tropel las que ha-

26 *pulular*: abundar y moverse los animales o personas.

bían sido mis libertadoras. Con un movimiento regular, cauteloso, lento, me deslicé encogido hacia un lado y, libre del abrazo de las ligaduras, escapé del alcance de la cimitarra. Por el momento, al menos, estaba libre.

Libre... ¡y en las garras de la Inquisición! No había yo terminado de poner el pie en el suelo empedrado de la celda cuando cesó la oscilación de aquella máquina infernal y vi cómo desde el techo una fuerza invisible tiraba hacia arriba de ella. Fue una lección que me tomé desesperadamente a pecho. Era indudable que espiaban todos mis movimientos. ¡Libre!... Acababa de librarme de una agonía mortal para acabar cayendo en alguna otra peor que la misma muerte. Con esa idea pasé revista nerviosamente a las barreras de hierro que me aprisionaban. Era obvio que en aquel recinto había ocurrido algo insólito..., un cambio que al principio no llegué a apreciar con claridad. Tembloroso, abstraído un buen rato como en un ensueño, hice en vano conjeturas inconexas. Por primera vez me percaté entonces de cuál era el origen de la luz sulfúrea que ahora iluminaba la celda. Procedía de una fisura, de poco más de un centímetro de ancho, que se extendía por todo el perímetro de la prisión, en la base misma de las paredes, que parecían estar, y de hecho estaban, completamente separadas del suelo. Intenté mirar por la abertura, pero, por supuesto, en vano.

Al incorporarme, de repente se me desveló el misterio del cambio sufrido en la celda. Ya he mencionado que, aunque los contornos de las figuras de la pared eran bastante nítidos, los colores, sin embargo, resultaban difusos y apagados. Pero estos colores habían adquirido un brillo sorprendente, cada vez más intenso, que daba a aquellos retratos demoníacos y espectrales un aspecto que bien podría haber desquiciado nervios más

templados que los míos. Ojos de demonio, de una viveza salvaje y espantosa, me miraban feroces desde miles de puntos hasta entonces invisibles, y relucían con el encendido resplandor de un fuego que yo no llegaba a creer que fuera irreal.[8]

¡Irreal! Al respirar me llegaba ya el olor a hierro ardiente. Un hedor sofocante invadía la estancia. Un brillo cada vez más intenso lucía en los ojos que observaban atentos mi agonía. Un tono escarlata más vivo cubrió aquellas sangrientas representaciones del horror. Yo jadeaba, me ahogaba sin aire. Estaba bien claro el designio de mis verdugos... Nadie más implacable que ellos, ay, nadie más satánico. Me alejé del brillante metal hacia el centro de la mazmorra. Atento como estaba a la amenaza del fuego destructor, la idea de la frescura del pozo descendió sobre mí como un bálsamo. Me acerqué a su boca mortal. Intenté penetrar su hondura. La luz del techo ardiente alumbraba sus más recónditos huecos. Hubo un momento de locura en el que mi espíritu se negó a entender el sentido de lo que veía. Pero acabó por abrirse paso, por forzar su entrada en mi ánimo, por quedar grabado a fuego en mi mente estremecida. ¡Ay, una voz para expresarlo!..., ¡cualquier horror, cualquier horror menos éste! Con un grito me aparté del borde y me cubrí la cara con las manos..., llorando amargamente.

El calor iba en rápido aumento. Volví a mirar hacia arriba, temblando como en un golpe de fiebre. En la celda se había producido otro cambio..., y ahora el cambio era obviamente en la forma. Como antes, resultó inútil

8 Esta descripción parece inspirada en un fragmento de *Melmoth el errabundo* (1820), novela gótica del escritor inglés Charles Robert Maturin (1782-1824): «Me incorporé con horror [...] al percatarme de que me hallaba rodeado de demonios que, ataviados de fuego, lo escupían por la boca en grandes llamaradas [...]. Luego comprendí que eran horribles figuras que se habían formado en el fósforo para aterrorizarme».

que al principio intentara apreciar o comprender lo que estaba ocurriendo. Pero la duda no duró mucho. Dos veces me había librado, y con ellas la venganza de la Inquisición había cobrado impulso. Ya no iba a haber más juegos con la Reina de los Horrores.[9] La celda había sido cuadrada. Vi que ahora dos de los ángulos eran agudos y, por lo tanto, obtusos los otros dos. La horrible diferencia aumentó rápidamente, acompañada de un sordo retumbo quejumbroso. En pocos instantes la celda transformó su forma primitiva en la de un rombo. Pero el cambio no se detuvo ahí..., yo no lo esperaba ni tampoco lo deseaba. Podía haberme abrazado a aquellas paredes al rojo como a una prenda de paz eterna.[10]

—¡La muerte —clamé—, cualquier muerte menos la del pozo!

¡Qué estúpido! Como si no supiera que el único propósito del hierro ardiente era precipitarme en el pozo... ¿Podría resistir su incandescencia? Y si podía, ¿podría resistir su empuje? El rombo se aplastaba cada vez más, con una rapidez que no dejaba tiempo para las elucubraciones.[27] Su centro, y por supuesto, su punto más ancho, quedaba justo sobre la boca del abismo. Retrocedí..., pero el avance de las paredes me empujaba inevitablemente hacia adelante. Al poco tiempo, en el suelo de la prisión ya no quedaba ni un solo centímetro en el que apoyar mi cuerpo chamuscado y convulso.[28] Me rendí, pero la agonía del alma halló desahogo en un largo, agudo y

27 *elucubración*: suposición o imaginación sin mucho fundamento.
28 *convulso*: muy excitado.

9 Metáfora que se refiere a la Inquisición.
10 Poe tomó la idea de la habitación cuyo tamaño disminuye de «La mortaja de hierro» (1830), relato de William Mudford. También conocía otro relato titulado «El experimentador involuntario» (1837), en el que una caldera es puesta en marcha inadvertidamente mientras que un obrero se halla trabajando en su interior.

último grito de desesperación. Sentí que me tambaleaba sobre el precipicio..., aparté la mirada...

¡Y oí un clamor discordante de voces humanas! ¡Resonó poderoso un toque de trompetas! Hubo un áspero chirriar, como de mil truenos. Las paredes de fuego retrocedieron. Un brazo extendido agarró el mío cuando ya caía desmayado hacia el abismo. Era el general Lasalle. El ejército francés acababa de entrar en Toledo. La Inquisición había caído en manos de sus enemigos.[11]

11 El general francés Antoine Chevalier Louis Colbert, Conde de Lasalle, tomó Toledo durante la Guerra de la Independencia española (1808) y descubrió los calabozos de la Inquisición en Toledo.

El corazón delator

Cierto: he estado nervioso, lo sigo estando, muy, muy nervioso. ¿Pero por qué decir que estoy loco? La enfermedad me había aguzado los sentidos, no los había destruido, no los había embotado.[1] El oído era ahora más agudo. Nada se me escapaba, ni en el cielo ni en la tierra. Oía muchas cosas en el infierno. Entonces, ¿cómo voy a estar loco? Atended, pues, a la sensatez y a la calma con que voy a contaros toda la historia.

Es imposible decir cómo se me metió la idea en la cabeza, pero, una vez dentro, me perseguía noche y día. No había motivo. No había pasión. Yo quería al viejo. Nunca me había hecho daño, ni me había insultado. No deseaba su dinero. ¡Creo que era su ojo! ¡Sí, eso era! Uno de sus ojos se parecía al de un buitre: un ojo azul pálido, velado todo él por una cutícula.[2] Cuando lo fijaba en mí, se me helaba la sangre; y poco a poco, muy gradualmente,

---

1 *embotar*: debilitar.
2 *cutícula*: piel fina y delicada.

decidí acabar con el viejo y librarme así para siempre de aquel ojo.[1]

Ésa es precisamente la cuestión: me tomáis por loco. Los locos no saben nada. Pero deberíais haberme visto: los pasos inteligentes que di, la cautela, la previsión, el disimulo con que me puse a ello. Nunca fui tan amable con el anciano como la semana antes de que lo asesinara. Y todas las noches, a eso de las doce, abría el pestillo de su puerta..., ¡con tanto cuidado! Y luego, cuando ya me cabía la cabeza, metía una linterna sorda,[3] cerrada todavía, cerrada para que no diera luz, y entonces me asomaba. Os habríais reído de la pericia con que metía la cabeza: despacio, muy, muy despacio, para no perturbar el sueño del anciano. Me llevaba una hora meter la cabeza por la abertura hasta poder verle tumbado en la cama. ¡Ja! ¿Habría obrado así un loco? Y luego, con la cabeza ya dentro, abría cautelosamente la linterna —con mucha, con muchísima cautela, porque las bisagras crujían—, y la abría lo justo para que un pequeño rayo de luz se posara sobre el ojo de buitre. Siete largas noches hice lo mismo, siempre a media noche, pero el ojo siempre estaba cerrado, por lo que me era imposible llevar a cabo mi plan: no era el viejo, en efecto, quien me sacaba de quicio, era su Ojo Perverso. Y todas las mañanas, al amanecer, entraba animoso en su habitación y le hablaba sin miedo, llamándole por su nombre con tono campechano y preguntándole qué tal había pasado la noche. Como veis, habría sido un viejo muy listo, la verdad, de haber sospechado siquiera que por las noches, a las doce en punto, yo le contemplaba mientras dormía.

3 *linterna sorda*: linterna que oculta en parte la luz con algún objeto, de forma que el que la lleva puede ver sin ser visto.

1 Es tradicional en todas las culturas el miedo al *mal de ojo* (o a ser *aojados*, 'hechizados'). En Poe aparece en «El gato negro» (con su temible "ojo de fuego"), pero también en «Berenice» o «Ligeia».

Al abrir la puerta la octava noche fui todavía más precavido. El minutero de un reloj se mueve más rápido de lo que entonces se movió mi mano. Nunca antes había sentido el alcance de mi propio poder, de mi sagacidad. Apenas podía contener una sensación de triunfo: pensar que allí estaba yo, abriendo la puerta, poco a poco, sin que él imaginara siquiera lo que yo en secreto hacía y pensaba. Me reí a gusto por lo bajo, y quizá me oyera, porque de pronto se movió en la cama, como asustado. Pensaríais que entonces me retiré..., pero no. La habitación estaba oscura como boca de lobo, totalmente oscura, con los postigos[4] bien cerrados por miedo a los ladrones. Yo sabía, pues, que él no podía ver la puerta abierta, por lo que seguí, seguí empujando suavemente. Había asomado ya la cabeza y me disponía a abrir la linterna, cuando tropecé con el pulgar en el cerrojo de latón, y el viejo se incorporó, preguntando:

—¿Quién anda ahí?

Me quedé quieto y callado. Durante una hora no moví un solo músculo, pero tampoco le oí tumbarse: seguía sentado en la cama, escuchando..., como yo mismo he escuchado noche tras noche los ruidos de la carcoma[2] en la pared.

Al cabo oí un ligero gemido y supe que era de agudo terror. No era un gemido de dolor o de pena, ¡oh, no!, era el sonido débil y ahogado que emerge del fondo del alma cuando el miedo nos sobrecoge. Yo conocía bien ese sonido. De mi propio corazón también ha surgido muchas noches, justo a las doce, cuando todos duermen, acrecentando con su eco espantoso los terrores que me

4 *postigo*: tablero sujeto con bisagras en el marco de una ventana para cubrir la parte encristalada.

2 El término inglés para carcoma, *deathwatch*, literalmente, 'el vigilante de la muerte', da al pasaje un sentido funesto especial.

mantenían en vela. Digo que lo conocía bien. Sabía bien lo que sentía el anciano y me dio lástima, aunque por dentro me regocijaba. Sabía que llevaba despierto desde que el primer leve ruido le hizo moverse en la cama. Desde entonces su miedo no había hecho sino crecer. Intentaba creer que no pasaba nada, pero no podía: «Sólo es el viento en la chimenea», se había estado diciendo, «un ratón por el suelo, el chirrido interrumpido de un grillo». Sí, intentaba tranquilizarse con tales pensamientos, pero en vano. En vano, porque la Muerte, al aproximarse, le había cubierto majestuosamente con su sombra negra, había envuelto a su víctima. Y fue la lúgubre influencia de esa sombra invisible lo que le hizo sentir, sentir, sin verla ni oírla, mi presencia en la habitación.

Después de una larga, paciente espera sin oírle tumbarse, decidí abrir un poco, muy, muy poco la linterna. Lo hice, pues, y no podéis imaginar con cuánto, con cuantísimo cuidado, hasta que, al fin, un solo rayo, como un hilo de araña, surgió de la ranura y se posó sobre el ojo de buitre.

Estaba abierto, bien, bien abierto, y al verlo me enfurecí: distinguía con toda claridad su azul apagado y el horrendo velo que lo cubría y que me helaba la médula misma de los huesos. Pero no podía ver nada del resto de la cara ni el cuerpo del anciano porque, como por instinto, había dirigido el rayo a aquel punto maldito.

¿No os había dicho ya que lo que pasa por ser locura no es sino hipersensibilidad...? Llegó entonces a mis oídos, en efecto, un sonido débil, sordo, repentino, como el de un reloj envuelto en algodones. Conocía bien ese sonido: eran los latidos del corazón del anciano. Y con ello se acrecentó mi furia, como el redoble del tambor anima el valor del soldado.

Pero incluso entonces me contuve y no me moví. Casi

no respiraba. Sostuve inmóvil la linterna. Intenté mantener lo más fijo que pude el rayo sobre el ojo. Mientras tanto, aumentaba el latido infernal de aquel corazón: cada vez más rápido, cada vez más fuerte. ¡El terror del viejo debía ser inmenso! ¡Cada vez más fuerte, eso es, más fuerte! ¿Me entendéis? Ya os he dicho que estoy nervioso, claro que lo estoy. Y entonces, en aquella hora muerta de la noche, en el horrible silencio de aquella casa antigua, un ruido tan inusitado como aquél me sobrecogió con un terror incontrolable. Aun así, durante algunos minutos me contuve y seguí inmóvil. ¡Pero el latido era cada vez más fuerte, más fuerte! Pensé que iba a estallarle el corazón.[3] Una nueva ansiedad se apoderó entonces de mí: ¡algún vecino podría oírlo! ¡Había llegado la hora del viejo! Con un alarido abrí la linterna y de un salto me planté en la habitación. Chilló una vez, sólo una vez. En un instante lo tiré al suelo y le volqué encima el pesado lecho. Sonreí satisfecho al ver lo conseguido. El corazón siguió latiendo varios minutos más con un sonido sordo, pero ya no me preocupaba, nadie iba a oírlo al otro lado de la pared. Cesó, por fin. El viejo estaba muerto. Retiré la cama y examiné el cadáver. Sí, estaba muerto, completamente muerto. Le puse la mano en el corazón y allí la mantuve algunos minutos. No latía. Completamente muerto. No volvería a turbarme aquel ojo.

Si seguís creyendo que estoy loco, dejaréis de hacerlo cuando os cuente los pasos tan juiciosos que di para ocultar el cuerpo. La noche avanzaba, por lo que me di prisa, aunque en silencio. Lo primero fue descuartizar el cadáver. Le corté la cabeza, los brazos y las piernas.

Arranqué después tres tablas del suelo y deposité en

3 Poe encabezó la primera versión del cuento con los siguientes versos del poeta norteamericano Longfellow (1807-1882): «El Arte perdura y el tiempo es fugaz, / y nuestros corazones, aunque robustos y esforzados, / van redoblando, como tambores amortiguados, / marchas fúnebres hacia la tumba».

el hueco los trozos. Luego repuse el entarimado con tanta pericia, con tanta habilidad que nadie, ni siquiera él, habría advertido nada extraño. No había nada que limpiar, ni una mancha, ni rastros de sangre. No en vano había sido muy precavido: en un barreño grande me había cabido todo, ¡ja, ja! Al terminar la tarea, eran las cuatro de la madrugada y seguía tan oscuro como a medianoche.

Daban las cuatro cuando llamaron a la puerta de la calle. Bajé y abrí tranquilamente: ¿qué podía temer? Entraron tres hombres que, muy amables, se presentaron como agentes de policía. Durante la noche un vecino había oído un grito; había sospechas de algo raro, las sospechas llegaron hasta la comisaría y les habían enviado a ellos a investigar.

Sonreí, pues ¿qué podía temer? Saludé a los tres. Era yo, les dije, el que había gritado en una pesadilla. El anciano, les dije, estaba fuera de la ciudad. Les enseñé toda la casa. Les pedí que registraran, y que registraran bien. Por último, les llevé hasta su habitación. Les mostré las cosas de valor, intactas y a buen recaudo. Confiado y exultante,[5] hasta traje sillas y les pedí que descansaran allí de sus fatigas, mientras que, con la audacia incontenible de un triunfo perfecto, yo me senté en el mismísimo lugar bajo el que reposaba el cadáver de la víctima.

Los agentes se dieron por satisfechos. Mi actitud les había convencido. Yo estaba muy tranquilo. Se sentaron y, mientras ellos charlaban de cualquier cosa, yo intervenía de buen humor. Pero, al poco, sentí que me ponía pálido y deseé que se marcharan. Me empezó a doler la cabeza y creí notar un zumbido en los oídos, pero ellos seguían sentados y seguían charlando. El zumbido se hacía más nítido, no cesaba, más y más nítido. Yo hablaba ca-

5 *exultante*: muy alegre, gozoso.

da vez más para librarme así de aquella sensación, pero seguía acentuándose por momentos..., hasta que acabé dándome cuenta de que el ruido no estaba en mis oídos.

Me puse muy pálido, sin duda, pero no cesé de hablar, en tono ahora más alto. No obstante, el sonido aumentaba. ¿Qué podía hacer? Era un sonido sordo, apagado, rápido, un sonido muy, muy parecido al que hace un reloj envuelto en algodones. Me faltó el aire, pero los agentes no lo oían. Yo hablaba cada vez más, con más vehemencia, pero el ruido crecía y crecía. Me levanté y empecé a hablar sobre trivialidades,[6] muy alto y gesticulando mucho, pero el ruido seguía creciendo. ¿Por qué no se iban? Me puse a andar a grandes pasos por la habitación, como enfurecido por la mirada de los agentes..., pero el ruido seguía creciendo. ¡Oh, Dios!, ¿qué podía hacer? ¡Babeaba, desvariaba, maldecía! Cogí la silla en la que me había sentado y la arrastré una y otra vez por el suelo de madera, pero el ruido se sobreponía a todo, e iba en aumento. ¡Se hizo más fuerte, más fuerte, más fuerte! Pero ellos seguían charlando tan tranquilos, y sonreían. ¿Era posible que no lo oyeran? ¡Santo Dios, no, no!, ¡vaya si lo oían! ¡Sospechaban, lo sabían, se estaban burlando de mi horror! Lo pensé entonces y lo sigo pensando ahora. Sin embargo, cualquier cosa era mejor que aquella agonía, cualquier cosa más tolerable que aquel escarnio.[7] Me pareció que o gritaba o me moría, y otra vez, allí estaba, ¡más fuerte, más fuerte, más fuerte, más fuerte!

—¡Malditos! —grité—, ¡basta de disimulos! ¡Reconozco que lo he hecho! ¡Levanten esas tablas! ¡Aquí, aquí está el latido espantoso de su corazón!

6 *trivialidad*: cosa sin importancia.
7 *escarnio*: burla insistente.

La caída de la casa Usher

Son cœur est un luth suspendu;
Sitôt qu'on le touche il résonne.

De Béranger.[1]

Era un día gris de otoño, mortecino[1] y silencioso, de nubes plomizas que colgaban bajas y opresivas. Yo llevaba cabalgando desde la mañana por parajes de una monotonía inusitada cuando, ya con las primeras sombras de la noche, surgió ante mí la melancólica mansión de los Usher. No sé bien cómo fue..., pero, con el primer atisbo del edificio me embargó una insoportable sensación de tristeza. Y digo insoportable porque no se vio aliviada por ninguno de esos sentimientos un tanto placenteros, en razón de su aura poética, con los que la mente suele percibir hasta las más sombrías imágenes de la desolación o el horror. Contemplé aquel escenario —la casa y los austeros rasgos del entorno, los muros desolados, los ojos vacíos de las ventanas, tupidos juncales aquí

1 *mortecino*: falto de vigor o viveza.

1 Los versos transcritos proceden del poema «Le Refus», del escritor romántico francés Pierre Jean de Béranger (1780-1857). El significado es: "Su corazón es un laúd suspendido / que resuena cuando alguien lo tañe".

y allá, unos cuantos troncos blanquecinos de árboles caídos...— con un abatimiento tan profundo que a ninguna sensación humana puedo compararlo mejor que a la resaca del fumador de opio, a su amargo regreso a lo cotidiano, al odioso momento en que la venda cae al fin de sus ojos.[2] El corazón se helaba, se encogía, sentía náuseas..., la mente era presa de una tristeza tan ineludible que no había acicate[2] de la imaginación que lograra incitarla a nada sublime. ¿Qué era...?, me detuve a pensar, ¿qué era lo que así me turbaba al contemplar la mansión de los Usher?

Era un misterio insoluble; y tampoco lograba apartar de mí las imágenes sombrías que se agolpaban en mi mente. Me vi obligado a aceptar la conclusión poco satisfactoria de que, más allá de toda duda, aunque hay combinaciones de elementos muy simples que tienen el poder de ejercer esa influencia sobre nosotros, el análisis de tal poder se halla sin embargo fuera de nuestro alcance. Era posible, pensaba yo, que una simple alteración en la disposición de los pormenores de la escena, de los detalles del cuadro, bastara para modificar, o acaso suprimir del todo, su capacidad de producir esa penosa impresión; y con esa idea, detuve el caballo junto al ribazo de una siniestra laguna negra que extendía su espejo inmóvil al pie de la mansión, y me asomé a sus aguas —pero con un estremecimiento más intenso incluso que antes—, me asomé a las imágenes invertidas, remodeladas, del juncal ceniciento, de los troncos fantasmales, de las ventanas como ojos vacíos.

Con todo, era en esta mansión de las sombras donde yo me disponía a pasar algunas semanas. Su propietario,

2 *acicate*: estímulo.

2 El consumo excesivo de opio produce una profunda somnolencia, así como náuseas y vómitos. La adicción a esta droga provoca un grave deterioro mental.

Roderick Usher, había sido compañero mío de juegos en la infancia, aunque habían transcurrido muchos años desde nuestro último encuentro. Recientemente, no obstante, me había llegado una carta hasta el lugar lejano donde yo vivía, una carta suya de tono tan apremiante que sólo en persona admitía respuesta. El autor aludía a una grave enfermedad, a una perturbación mental que le agobiaba, y a un deseo sincero de verme, como su mejor y en verdad único amigo, para así buscar, en el solaz[3] de mi compañía, algún alivio a sus males. Fue cómo se decía todo esto, y, sobre todo, la viva emoción que parecía acompañar aquella carta, lo que disipó todas mis dudas, de manera que acudí de inmediato a una llamada que no dejaba de resultarme muy peculiar.

Aunque de niños habíamos tenido una relación muy estrecha, era poco lo que sabía de él. Siempre había sido de lo más reservado. Yo era consciente, sin embargo, de que a su familia se la conocía, desde tiempo inmemorial, por un carácter de sensibilidad poco común, que durante años y años se había plasmado en muchas obras artísticas de gran calidad y, últimamente, en repetidos gestos caritativos, generosos pero discretos, además de en una devoción apasionada por las sutilezas técnicas de la música, más incluso que por la belleza ortodoxa y fácil de las otras artes. También conocía yo el hecho, tan sorprendente, de la incapacidad del linaje de los Usher, a pesar de su antigüedad, para engendrar una estirpe[4] perdurable: en otras palabras, que toda la familia descendía en línea directa, y así había sido siempre, con excepciones insignificantes y poco duraderas. Quizá era esa carencia, pensaba yo, mientras repasaba la perfecta

3 *solaz*: descanso, distracción.
4 *estirpe*: linaje, familia de una persona cuando pertenece a la nobleza o es ilustre.

concordancia del carácter del lugar con el de sus moradores,[5] y mientras especulaba sobre la posible influencia que aquél podía haber ejercido en ellos a lo largo de los siglos..., quizá era esa falta de descendencia colateral, y la inevitable transmisión de apellido y patrimonio de padres a hijos, lo que al cabo había llevado a uno y otro a identificarse hasta tal punto que el nombre original de la propiedad había acabado fundiéndose en un único término, pintoresco y ambiguo: «la casa Usher», un término que, en la mente de los campesinos que lo usaban, parecía referirse tanto a la familia como a la mansión familiar.

Ya he dicho que el único efecto del gesto, un tanto infantil, de asomarme a las aguas de la laguna había sido el de hacer más honda aquella primera impresión mía, tan extraña. La certidumbre de que mis cábalas[6] (¿por qué no llamarlas así?) aumentaban con rapidez sirvió sin duda para acelerar aún más su propio crecimiento. Por lo que sé desde hace tiempo, tal es la paradójica ley que rige cualquier sentimiento fundamentado en el terror. Y quizá ésa fuera la única razón de que, al levantar de nuevo la vista hacia la casa desde su reflejo en el agua, surgiera en mi mente una extraña fantasía..., una fantasía tan ridícula, desde luego, que sólo la menciono para que se entienda la intensa fuerza de las sensaciones que me oprimían. Tenía yo tan alterada la imaginación que llegué a creer que sobre la mansión y su entorno se cernía una atmósfera peculiar..., una atmósfera sin semejanza alguna con el aire de los cielos, que emanaba de los árboles pútridos, del muro gris, del silencio de la laguna..., un vapor plomizo apenas perceptible, pestilente y místico, sordo, estancado.

5 *morador*: habitante.
6 *cábala*: conjetura supersticiosa.

Aparté de mi espíritu lo que tenía que ser un sueño y observé con mayor detenimiento el verdadero aspecto del edificio. Si por algo destacaba era por su vetustez.[7] El paso de los años casi le había apagado el color. Todo el exterior aparecía cubierto de una ligera capa de moho que colgaba como fina tela de araña desde los aleros. Pero ello no entrañaba que la casa estuviese en ruinas. Aparte de esto no se apreciaba un deterioro importante, ni se veían cascotes. Y, sin embargo, había una enorme contradicción entre la aparente cohesión del conjunto y la decrepitud[8] de las partes. Me recordaba mucho la falsa solidez de la madera vieja, podrida largos años en alguna cripta[9] olvidada, sin el menor soplo de aire fresco que la perturbe. Pero, salvo estos indicios, apenas se advertían muestras de inestabilidad en la edificación. Quizá algún observador minucioso podría haber descubierto una grieta apenas perceptible que desde el tejado cruzaba en zigzag toda la fachada hasta perderse en las aguas sombrías de la laguna.

Con estas consideraciones llegué hasta la casa por una pequeña calzada de piedra. Un criado se llevó mi caballo y yo crucé el arco gótico del vestíbulo. Un mayordomo de paso discreto me guió por un laberinto de pasillos oscuros hasta el estudio de su señor. Mucho de lo que encontré por el camino contribuyó, aunque no sé cómo, a acrecentar las sensaciones imprecisas que antes mencionaba. Mientras todo lo que me rodeaba..., mientras los artesonados,[10] los apagados tapices de las paredes, los suelos de negrura de ébano, las panoplias[11] fantas-

7 *vetustez*: cualidad de muy viejo.
8 *decrepitud*: estado de absoluta decadencia física y espiritual.
9 *cripta*: cueva o lugar subterráneo en que se enterraba a los muertos.
10 *artesonado*: adorno del techo consistente en el ensamblamiento de una especie de artesones (recipientes de madera) invertidos.
11 *panoplia*: colección de armas colocadas ordenadamente.

magóricas que tintineaban a mi paso, eran, o parecían ser, algo a lo que desde mi infancia yo estaba acostumbrado..., y aunque no dudaba en reconocer que todo ello me era familiar..., no dejaba de sorprenderme lo poco familiares que a su vez me resultaban las fantasías que esas mismas imágenes despertaban en mí. En una de las escaleras me crucé con el médico de la familia. Me pareció advertir en su rostro una mezcla de sospecha y perplejidad. Se acercó nervioso y pasó de largo. Luego el mayordomo abrió una puerta y me condujo ante su señor.

La estancia en la que me encontraba era muy amplia, de altos techos y con ventanas alargadas, estrechas y en ojiva,[12] a una altura tan grande del oscuro suelo de roble que resultaban del todo inaccesibles desde el interior. A través de los cristales enrejados se abrían paso débiles rayos de una luz carmesí[13] que apenas si iluminaba los objetos de mayor volumen; la vista, sin embargo, se afanaba inútilmente por vislumbrar los rincones más apartados o los recovecos del artesonado en bóveda. De las paredes colgaban oscuros tapices. Había muchos muebles, pero incómodos, antiguos y deteriorados. Por todas partes había también libros e instrumentos musicales que no alcanzaban a dar vida al lugar. Tuve la sensación de estar respirando en una atmósfera de amargura. Un aire de denso, profundo, irrecuperable abatimiento lo cubría todo, lo impregnaba todo.

Al entrar yo, Usher se levantó del sofá en el que estaba tumbado y me recibió con cordialidad tan efusiva que en un primer momento me pareció artificial..., como el gesto forzado de un hombre hastiado del mundo. Una mirada a su rostro bastó, sin embargo, para convencer-

12 *ojiva*: arco que acaba en punta, típico del estilo gótico.
13 *carmesí*: de color rojo oscuro.

me de su total sinceridad. Nos sentamos y, durante unos instantes, mientras él permanecía en silencio, lo observé con una mezcla de lástima y temor.

Desde luego, ¡nunca nadie ha cambiado tanto en tan breve espacio de tiempo como aquel Roderick Usher! Me costó mucho llegar a admitir que aquel ser lívido[14] que tenía ante mí era el mismo que mi compañero de la infancia. El aspecto de su rostro, sin embargo, siempre había sido muy peculiar: tez cenicienta, ojos grandes, acuosos y encendidos como no había otros; labios algo delgados y muy pálidos, pero con perfiles de inusitada[15] belleza; nariz de delicado aire hebreo, aunque con aletas de anchura poco corriente; barbilla finamente modelada, cuya escasa prominencia era indicio también de un carácter poco resuelto; cabello más suave y fino que la tela de una araña. Esos rasgos, junto a unas entradas demasiado marcadas, configuraban un rostro nada fácil de olvidar. Ahora bien, el exceso que se advertía en ellos y la expresión misma que componían, hablaban de tal cambio que llegué a dudar hasta de quién era él. Me sobresaltó sobre todo la palidez ahora cadavérica de la piel y el brillo increíble de aquellos ojos. Había descuidado también el pelo sedoso, largo ahora, que le flotaba como gasa sobre un rostro cuya expresión espectral[16] yo era incapaz de relacionar con la idea de lo sencillamente humano.

En los modales de mi amigo me sorprendió en seguida algo que resultaba incoherente, inconsistente, y poco tardé en descubrir que se debía a una serie de intentos débiles e inútiles por superar un temblor constante, una agitación excesiva. Yo venía preparado para algo así,

14 *lívido*: pálido.
15 *inusitada*: rara, extraña.
16 *espectral*: fantasmal.

tanto por su carta como por el recuerdo de ciertos rasgos de su infancia y mis propias deducciones sobre su temperamento y su físico tan peculiares. Tan pronto se le veía vivaz como taciturno.[17] La voz le cambiaba con rapidez desde una trémula indecisión (cuando la parte animal del hombre quedaba toda en suspenso) hasta esa especie de precisión enérgica..., esa pronunciación cortada, solemne, pausada y hueca..., ese hablar gutural, plúmbeo,[18] equilibrado y perfectamente modulado, que en momentos de mayor paroxismo se observa en el alcohólico desahuciado o en el opiómano irredento.[19]

En esas condiciones habló del propósito de mi visita, de su sincero deseo de verme y del alivio que esperaba encontrar en mí. Al cabo aludió a lo que consideraba la naturaleza de su enfermedad: se trataba, dijo, de un mal congénito y hereditario, sobre cuya cura no guardaba esperanza alguna..., una mera alteración nerviosa, añadió de inmediato, que sin duda pasaría pronto. Se manifestaba en un sinfín de sensaciones extrañas. Algunas, a medida que las detallaba, despertaron mi interés y extrañeza, aunque quizá los términos empleados y el tono general del relato contribuían a ello. Sufría en exceso de una exacerbación patológica[20] de los sentidos: sólo toleraba los platos más insípidos; sólo podía vestir ciertas telas; el aroma de cualquier flor le agobiaba; hasta el más débil rayo de luz le torturaba los ojos; y sólo algunas notas muy concretas, y de instrumentos de cuerda, no llegaban a infundirle terror.

Comprendí que mi amigo era esclavo de algún terror anómalo.

---

17 *taciturno*: callado, triste.
18 *gutural*: producido en la garganta; *plúmbeo*: pesado como el plomo.
19 *irredento*: que no se redime o se libra de un mal.
20 *exacerbación patológica*: intensificación enfermiza.

—Voy a morir —dijo—, esta deplorable[21] locura va a matarme. Ésa, ésa y no otra será mi perdición. Me asusta el futuro, no por sí mismo, sino por sus consecuencias. Me estremezco cuando pienso que cualquier incidente, hasta el más trivial, puede causarme esta insoportable conmoción del alma. Para nada me asusta el peligro, pero sí su consecuencia última: el terror. Enervado[22] como estoy..., en este estado miserable, presiento que tarde o temprano llegará el momento en que pierda juntas la vida y la razón, durante algún forcejeo con el torvo[23] fantasma del MIEDO.

Poco a poco fui también descubriendo, por indicios dispersos y ambiguos, otro rasgo singular de su estado mental: era prisionero de ciertas ideas supersticiosas sobre aquella mansión, y de ahí que llevara muchos años sin atreverse a recorrerla..., ideas sobre una influencia cuya supuesta energía se transmitía de un modo demasiado confuso para detallarla aquí..., una influencia, decía él, que sobre su espíritu habían ejercido, a fuerza de largos sufrimientos, los materiales y el diseño mismo de la mansión familiar..., un efecto que el elemento físico de los muros y torreones grises, y del turbio lago al que se asomaban, habían acabado por imponer a la propia moral de su existencia.

Admitía, sin embargo, aunque con cierta reserva, que buena parte de la melancolía tan peculiar que le embargaba podía tener su origen en algo más natural y mucho más tangible:[24] la gravedad de la larga enfermedad —a decir verdad, la evidente cercanía del fin— de una hermana muy querida, su única compañía durante largos años, su único y último pariente en la tierra.

21 *deplorable*: lamentable.
22 *enervado*: debilitado.
23 *torvo*: de aspecto tal que inspira miedo.
24 *tangible*: real, no ilusorio.

Su muerte —comentó con una amargura que nunca olvidaré—, le convertiría (a él, tan frágil y desesperado) en el último Usher de tan antigua estirpe.

Mientras así hablaba, lady Madeline (pues tal era su nombre) pasó lentamente a cierta distancia del lugar donde nos encontrábamos, y desapareció sin advertir mi presencia. La contemplé con profundo asombro no exento de temor..., y sin embargo me resultaba imposible dar razón de tales sentimientos. Me oprimía una sensación de estupor[25] mientras con la vista seguía aquellos pasos que se retiraban. Cuando por fin desapareció tras una puerta, instintivamente volví la mirada, ansioso, hacia el hermano..., pero él ocultaba el rostro entre las manos y sólo llegué a advertir que una palidez mucho mayor de lo habitual cubría aquellos dedos consumidos, por entre los que se escapaban sentidas lágrimas.

25 *estupor*: asombro, pasmo.

La enfermedad de lady Madeline había tenido mucho tiempo desconcertados a los médicos. Una apatía permanente, un deterioro progresivo de la persona y unos achaques frecuentes, aunque pasajeros, en parte de condición cataléptica, componían tan especial diagnóstico.[3] Hasta entonces ella había sobrellevado con serenidad el peso de la enfermedad sin guardar cama; pero, al anochecer del día en que yo llegué a la casa (según esa misma noche me reveló su hermano con indecible nerviosismo), ella había terminado por sucumbir al poder implacable del mal, y supe que la visión momentánea que yo había tenido de ella sería también probablemente la última..., que no volvería a verla, al menos con vida.

Transcurrieron varios días sin que Usher ni yo mismo mencionásemos el nombre de la hermana y durante ese tiempo me afané por aliviar la melancolía de mi amigo. Leíamos y pintábamos juntos, o yo escuchaba, como en sueños, las arrebatadas improvisaciones de su elocuente guitarra. Y de ese modo, a medida que una intimidad cada vez mayor me permitía acceder sin tanta reserva a los lugares más recónditos de su espíritu, comprobaba yo tanto más amargamente la inutilidad de cualquier intento de dar ánimos a una mente de la que, como si de una cualidad intrínseca se tratase, emanaba una oscuridad que cubría todo su universo físico y moral con una atmósfera de inagotable tristeza.

Siempre me acompañará el recuerdo de tantas horas aciagas[26] como pasé en la sola compañía del heredero de

26 *aciaga*: desgraciada.

3 La catalepsia es una enfermedad neurológica cuyos síntomas, cuando sobreviene un ataque, son la rigidez muscular y la pérdida de la consciencia y la sensibilidad. En ocasiones, la persona víctima de un ataque cataléptico puede dar la impresión de que ha muerto. Poe alude en varios cuentos a esta enfermedad, a través de la cual expresa el miedo a ser enterrado en vida (ése es el tema de su relato «El entierro prematuro»).

la Casa Usher. Sería incapaz, no obstante, de detallar la naturaleza exacta de los estudios a los que él me indujo o de las tareas en las que me ocupó. Pero todo lo cubría una pátina sulfúrea[27] de idealismo nervioso y hasta enfermizo. Siempre resonarán en mis oídos los inacabables trenos[28] que improvisaba. Entre otras cosas, recuerdo con dolor la melodía vivaz del último vals de Von Weber,[4] que él pervertía de modo especial haciéndola aún más vivaz. Los cuadros en los que se afanaba su compleja imaginación adquirían, pincelada a pincelada, una vaguedad que me hacía estremecer con inusitada emoción, pues debo decir que me estremecía sin saber bien por qué. En vano trataría yo ahora de poner por escrito una pequeña parte de lo que podría vislumbrarse en aquellas pinturas, que recuerdo con nitidez. La sencillez extrema, lo estilizado de los rasgos, captaban y atemorizaban la atención. Si alguien ha pintado alguna vez una idea, ése ha sido Roderick Usher. Al menos a mí, en aquellas circunstancias, las puras abstracciones que aquel hipocondríaco[29] llegaba a plasmar en el lienzo me infundían un temor intolerable, como nunca he llegado a sentir, ni por asomo, al contemplar las fantasías de Fuseli,[5] llenas de vida, sí, pero demasiado concretas.

Aunque pobremente, quizá las palabras puedan plasmar una de las creaciones fantasmagóricas de mi amigo,

27 Esto es, 'una fina capa (*pátina*) de azufre (*sulfúrea*)'. El azufre simboliza el calor vital, la intuición.

28 *treno*: canto de queja por una desgracia.

29 *hipocondríaco*: que padece *hipocondría*, o depresión enfermiza del ánimo, acompañada de melancolía.

4 El narrador se refiere a una pieza musical atribuida al compositor romántico alemán Karl Maria von Weber (1786-1826), aunque en realidad fue compuesta por su amigo Karl Gottlieb Reissiger (1798-1859). La causa de esta errónea atribución es la existencia de un manuscrito de la partitura que el propio von Weber copió para interpretarla en sus conciertos, y en el que alguien escribió: «El último vals de von Weber. Compuesto por él mismo pocas horas antes de morir». Es muy significativo, pues, que Roderick Usher interprete este vals.

5 Henry Fuseli (1742-1825) fue un pintor inglés de origen suizo aficionado a las escenas fantásticas y a las figuras extravagantes y grotescas.

no tan imbuida[30] de un espíritu abstracto como otras. Una pequeña pintura recreaba el interior de una bóveda o túnel rectangular de una longitud enorme, de muros bajos, lisos, blancos, que ningún otro detalle interrumpía. Ciertos elementos accesorios del dibujo contribuían a dar la impresión de que tal lugar se hallaba enterrado a mucha profundidad. No se veía abertura alguna en toda su extensión, ni antorcha u otra fuente de luz artificial; sin embargo, un intenso resplandor saturaba el conjunto y lo bañaba todo con un extraño resplandor mortuorio.

Ya he mencionado la condición mórbida[31] del nervio auditivo del paciente, que le hacía insufrible cualquier música, salvo algunas notas de instrumentos de cuerda. Por ello, quizá era su necesidad de limitarse a la guitarra lo que en gran medida imbuía a sus actuaciones de un aire fantástico; aunque eso no explicaría la ferviente facilidad de sus improvisaciones. Tienen que haber sido las notas, como así era, al igual que las letras de su ardiente fantasía (pues con frecuencia se acompañaba de rimas improvisadas), resultado de la intensa concentración y sosiego mental a que antes he aludido, y que sólo podía observarse en ciertos momentos de mayor excitación. Recuerdo con claridad la letra de una de esas improvisaciones. Quizá me causó mayor impresión mientras él la recitaba porque, en el flujo oculto o místico de su significado, creí advertir por primera vez una plena conciencia en Usher de que la altivez de la razón se tambaleaba sobre su trono. Los versos, titulados «El palacio hechizado», decían más o menos (si no exactamente) así:[6]

30 *imbuida*: empapada, saturada.
31 *mórbida*: enfermiza.

6 «El palacio hechizado» es un poema que Poe publicó en 1839, en la revista *American Museum*. Es posible que el poema sirviese de inspiración para el cuento, donde después ocuparía un lugar central.

I

En el más verde de los valles,
morada de ángeles benévolos,
érase que se era un palacio
que allí alzaba su porte soberbio.
Desde él contemplaba el monarca
la extensión toda de su reino.
Nunca un serafín[32] batió sus alas
sobre otro palacio más bello.

II

Banderas de gloria, gualdo[33] y oro
flotaban en sus torres al viento;
(esto fue —todo esto— hace ya mucho,
que todo ocurrió en los viejos tiempos);
suave la brisa se demoraba
en aquellos días amenos
y una alada fragancia envolvía
la muralla de pálidos lienzos.

III

Viajeros por aquel feliz valle
vieron a la luz de las ventanas
espíritus que iban y venían
al son de música bien templada,
en torno al resplandor de un trono,
y en él, entre púrpura y ágatas,[34]
con toda la pompa de su gloria,
el señor del reino se sentaba.

IV

Perlas y rubís resplandecían
en la hermosa puerta del palacio

32 *serafín*: ángel.
33 *gualdo*: amarillo.
34 Esto es, 'entre prendas de color rojo violado (*púrpura*, que es símbolo de la realeza) y piedras preciosas (*ágata*)'.

y de ella sin cesar emanaban,
en un destello inacabado,
ecos que mil veces repetían
(¡quién oyera aquel dulce canto!)
con voces de impar hermosura,
la prudencia de su soberano.

V

Pero el mal con su triste sudario[35]
asaltó el país de aquel monarca;
(¡ay, llorad por él, desolados,
porque no ha de ver ya la mañana!)
y la gloria de flor y rubores
que rodeó antaño su morada
no es hoy sino un pálido recuerdo
que el paso del tiempo amortaja.

VI

Y ahora quien cruza ese valle
ve formas informes que se agitan
y un fulgor de sangre en las ventanas
al son de discordes melodías;
al tiempo que por la puerta pálida,
como un río en rápida crecida,
escapa un hediondo[36] gentío,
que ríe, sí, mas ya sin sonrisas.

Recuerdo que las evocaciones que nos trajo esta balada nos condujeron a una secuencia de razonamientos en la que Usher formuló una opinión que menciono aquí, no tanto por su novedad (pues otros ya lo han pensado),[7]

35 *sudario*: sábana en que se envuelve o *amortaja* el cadáver.
36 *hediondo*: maloliente, repugnante.

7 «Watson, el doctor Percival, Spallanzani y, especialmente, el obispo de Landaff. Véanse los *Ensayos químicos*, tomo V». *(Nota del autor)*. Para los datos que comenta, Poe se basó en el libro de Richard Watson, obispo de Llandaff, *Ensayos químicos* (1787), donde se alude a las ideas de los otros dos autores mencionados por el escritor.

sino por la obstinación con que mi amigo la defendía. Tal opinión sostenía que todos los seres vegetales son capaces de experimentar sensaciones. Pero en su desbocada imaginación la idea había asumido un carácter más osado y, en ciertas condiciones, se adentraba también en el reino de lo inorgánico.[8] Me faltan palabras para expresar hasta qué punto estaba sinceramente convencido de esta idea. Sin embargo, tal creencia estaba relacionada (como ya he insinuado) con las piedras grises del solar de sus antepasados. Las condiciones de esa sensibilidad, imaginaba él, se habían materializado en el modo de colocar las piedras, en el orden con que habían sido dispuestas, al igual que en el abundante liquen que las cubría, en los árboles podridos de los alrededores..., y, sobre todo, en la ininterrumpida permanencia de esa ancestral[37] disposición y su copia duplicada en las aguas estancas de la laguna. La prueba —la prueba de esa sensibilidad— podía verse, dijo (y sus palabras me sobresaltaron), en la condensación gradual pero cierta de una atmósfera propia en torno al agua y los muros. El resultado se revelaba, añadía, en aquella influencia silenciosa, pero persistente y terrible, que durante siglos había fraguado los destinos de la familia y que había hecho de él lo que yo ahora veía..., lo que él era. Sobran comentarios, y yo no añadiré ninguno.

Nuestros libros —los libros que durante años habían conformado buena parte de la atmósfera mental de aquel inválido— estaban en consonancia, como puede suponerse, con su carácter de visionario. Con todo cuidado repasábamos obras tales como el *Ververt et Chartreuse* de

37 *ancestral*: que procede de tiempos o antepasados remotos.

8 El *reino inorgánico* es para Poe el reino mineral. El escritor probablemente dedujo del libro de Watson que la «sensibilidad» de los seres vegetales era una prueba de la estrecha relación orgánica existente entre toda la materia.

Gresset, el *Belfegor* de Maquiavelo, el *Cielo e Infierno* de Swedenborg, el *Viaje subterráneo de Nicholas Klimm*, de Holberg, la *Quiromancia* de Robert Flud, Jean d'Indaginé y de la Chambre, el *Viaje hacia la distancia azul* de Tieck, y *La ciudad del sol* de Campanella. Uno de sus volúmenes predilectos era una pequeña edición en octavo[38] del *Directorium Inquisitorium*, del dominico Eymeric de Gerona;[9] y había también pasajes de Pomponio Mela, sobre los antiguos sátiros y egipanes de África,[10] con los que Usher podía pasarse horas soñando. Pero nada le producía mayor placer que la lectura de un libro extremadamente raro y curioso, en cuarto[39] gótico, el manual de alguna iglesia olvidada, las *Vigiliæ Mortuorum secundum Chorum Ecclesiæ Maguntinæ*.[11]

38 *octavo*: tamaño de papel que se corresponde con la octava parte de un pliego.
39 *cuarto*: tamaño de papel equivalente a la cuarta parte de un pliego.

9 Todos los libros que Poe cita tratan de asuntos pseudo-científicos y demoníacos, de cómo el espíritu invade la materia y de la relación entre el microcosmos y el macrocosmos. Con ello, el autor subraya la afición de Usher por lo macabro y lo misterioso. «Vert-vert, el loro» y «La Chartreuse» son en realidad dos sátiras anticlericales del francés Jean Baptiste Gresset (1709-1777); *Belfegor* (1515) de Maquiavelo trata de la visita que un demonio realiza a la tierra para demostrar que las mujeres son una plaga para la humanidad; en *Cielo e infierno* el filósofo sueco Emanuel Swedenborg (1688-1772) defiende que los ángeles y demonios influyen sobre el mundo visible y que existe una identidad espiritual entre la vida y la muerte; la obra de Ludvig Holberg (1684-1754) trata de un país cuyas gentes son árboles que caminan y hablan, así como de un regreso de la muerte; las obras respectivas de los tres siguientes autores versan sobre la *quiromancia*, esto es, el arte adivinatorio a través de la lectura de las palmas de las manos; el relato de Ludwig Tieck recrea un mundo fantástico de cuentos de hadas en que se critican los vicios del mundo moderno; la obra de Tommaso Campanella (1568-1639) describe un mundo perfecto situado en el sol; Campanella defendía que todo lo que compone el mundo tiene una naturaleza espiritual; el español Nicolás Eymeric (1320-1399), inquisidor general de Aragón, describe en su obra los rituales y las torturas de la Inquisición y elabora una lista de libros prohibidos.

10 Pomponio Mela fue un geógrafo romano cuya *Geografía* fue publicada en 1471. Por otra parte, los sátiros son seres de la mitología grecorromana, con figura de hombre barbado, patas y orejas cabrunas y cola de caballo o de chivo; habitan los bosques y tienen carácter muy lascivo. Los egipanes son seres fabulosos, mitad cabra, mitad hombre.

11 Esto es, *Vigilias fúnebres según el coro de la Iglesia de Maguncia*. Poe, que difícilmente pudo haber leído esta obra, debió de suponer que exponía ideas poco ortodoxas.

Yo no podía dejar de pensar en el ritual insólito de esa obra y su probable influencia sobre el hipocondríaco cuando, una tarde, tras comunicarme de improviso que lady Madeline ya no estaba entre los vivos, me anunció su intención de conservar quince días el cadáver, antes de su entierro definitivo, en una de las numerosas criptas que se abrían en los muros maestros del edificio. No me atreví a discutir, sin embargo, la compleja explicación que me dio para tan extraño proceder. Había tomado esa decisión, me dijo, después de considerar la naturaleza poco corriente de la enfermedad de la difunta y ciertas preguntas raras y molestas de sus médicos, así como la propia situación del cementerio familiar, distante y desprotegido. No negaré que, al recordar el siniestro semblante de la persona con quien me crucé en la escalera el día de mi llegada, no sentí el menor deseo de oponerme a lo que consideraba una precaución inofensiva y muy lógica.

A petición de Usher, yo mismo le ayudé a disponer la sepultura provisional. Colocamos el cuerpo en un féretro y entre los dos lo trasladamos a su lugar de reposo. La cripta donde lo dejamos llevaba tanto tiempo cerrada que nuestras antorchas, medio sofocadas por la atmósfera opresiva, apenas nos permitían ver nada; era pequeña y húmeda, sin resquicio alguno que dejara pasar la luz y hundida a considerable profundidad, justo debajo de aquella parte del edificio donde se encontraba mi dormitorio. Parecía haberse usado, en tiempos remotos del pasado feudal, con todas las malas intenciones de una mazmorra[40] y, en tiempos más recientes, como almacén de pólvora u otra sustancia altamente inflamable, ya que parte del suelo y todo el interior del túnel por el

40 *mazmorra*: prisión subterránea.

que accedimos estaban cuidadosamente forrados de cobre. La puerta, de hierro macizo, mostraba idéntica protección. Al girar sobre los goznes,[41] su peso enorme producía un chirrido agudo y de lo más extraño.

Tras depositar nuestra lúgubre carga sobre unas andas en aquel rincón del horror, apartamos un poco la tapa del ataúd, que seguía sin sellar, y miramos el rostro del cadáver. Por primera vez me llamó la atención el sorprendente parecido de ambos hermanos; y Usher, que quizá adivinó mis pensamientos, masculló unas pocas palabras por las que me enteré de que habían sido gemelos y que entre ellos siempre había habido sentimientos compartidos nada fáciles de entender. Apenas nos detuvimos a contemplar el cuerpo: no podíamos hacerlo sin sentirnos intimidados. El mal que así había acabado con

41 *gozne*: bisagra.

ella en la flor de la vida había dejado, como es habitual en enfermedades de tipo estrictamente cataléptico, el remedo[42] de un rubor tenue en el rostro y en el pecho, y en los labios la sonrisa sospechosamente imperturbable que tan terrible resulta ver en los muertos. Volvimos a colocar la tapa, la atornillamos, aseguramos la puerta de hierro y, no sin dificultad, regresamos a las habitaciones del piso superior, que no resultaban menos lóbregas.

Transcurrieron varios días de amargo duelo. Las muestras del desorden mental de mi amigo experimentaron un cambio notable. Desaparecieron los modales de siempre. Olvidó o dejó de lado sus ocupaciones habituales. Deambulaba sin propósito de habitación en habitación con paso rápido y desigual. La palidez de su rostro adquirió un aspecto más cadavérico si cabe, y desapareció por completo el brillo de los ojos. Desapareció también el tono ronco con que a veces hablaba, y en su voz se distinguía ahora un temblor constante, como de intenso pánico. Llegué a veces a pensar que su mente, siempre inquieta, era presa de algún secreto agobiante y que él pugnaba por reunir el valor suficiente para confesarlo. Otras veces me veía obligado a atribuirlo todo a los desvaríos inexplicables de la locura, porque le veía con la mirada perdida durante largas horas, en actitud muy atenta, como si oyese algún sonido imaginario. Nada extraño era, pues, que su estado me aterrase, hasta el punto de contagiarme. Era consciente de que dentro de mí crecía, lenta pero segura, la extraña influencia de sus propias cábalas, impresionantes aunque fueran pura fantasía.

Fue siete u ocho días después de haber sepultado a lady Madeline en la mazmorra, al retirarme tarde una noche a mi aposento, cuando llegué a sentir plenamente

42 *remedo*: imitación.

toda la fuerza de tales emociones. El sueño no acudía a mi encuentro..., pasaban una a una las horas. Trataba de apartar de mí con razones el nerviosismo que me dominaba. Intentaba convencerme de que buena parte de lo que sentía, si no todo, se debía a la influencia desconcertante del tétrico mobiliario de la habitación, de los tapices oscuros y andrajosos que, al soplo de una tormenta incipiente, se agitaban caprichosos en las paredes y rozaban inquietantemente las colgaduras de la cama. Pero era inútil. De manera gradual un temblor se fue apoderando de mí y, al cabo, en el mismísimo corazón se me aposentó el íncubo[43] del pánico más injustificado. Lo aparté de mí, jadeante por el esfuerzo, y me recliné en las almohadas: fija la vista en la intensa oscuridad del cuarto, noté —ignoro por qué, salvo que el instinto me lo advirtiera— ciertos sonidos débiles, imprecisos, que en las pausas de la tormenta llegaban muy de vez en cuando y cuya procedencia yo ignoraba. Sobrecogido por un intenso terror, inexplicable pero insoportable, me apresuré a vestirme (pues presentía que esa noche no dormiría más) y me puse a andar de un lado a otro por la habitación, a grandes pasos, para tratar de superar el estado lastimoso en que había caído.

Llevaba así poco tiempo cuando unos leves pasos en la escalera cercana atrajeron mi atención. En seguida me di cuenta de que se trataba de Usher. Poco después llamaba suavemente a la puerta y entraba con una lámpara. Su cara mostraba la misma palidez cadavérica de siempre..., pero, además, los ojos le brillaban con una especie de hilaridad demente...;[44] toda su actitud evidenciaba una histeria reprimida. Su aspecto era espantoso, pero cualquier cosa era preferible a la soledad que

43 *íncubo*: demonio.
44 *hilaridad*: risa ruidosa y sostenida; *demente*: loca.

tanto tiempo yo llevaba soportando, y hasta recibí su visita con alivio.

—¿No lo has visto? —preguntó de pronto, tras mirar en silencio unos instantes a su alrededor—, ¿no lo has visto? No importa: ¡espera y lo verás!

Dicho lo cual, y protegiendo la lámpara con la mano, se volvió rápido hacia una de las ventanas y la abrió de par en par a la tormenta.

El ímpetu furioso del golpe de aire casi nos arranca del suelo. Era, desde luego, una noche tormentosa y a la vez de rara belleza, una noche que por su espanto y hermosura resultaba extrañamente especial. Al parecer, en las inmediaciones se había formado un torbellino, porque se producían bruscos cambios en la dirección del viento. Los densos y preñados nubarrones colgaban tan bajos que oprimían los torreones de la mansión, lo que no nos impedía percibir la velocidad con que, como si tuvieran vida, desde todas las direcciones chocaban unos con otros, pero sin desaparecer en la distancia. Su densidad, como digo, no nos impedía ver todo esto..., a pesar de que no había atisbo alguno de luna o estrellas, ni el chispazo de un solo relámpago. Pero la base de esas masas de vapor en movimiento, al igual que los objetos que teníamos más cercanos, se veían iluminados por el resplandor antinatural, gaseoso, de una luz débil, aunque bien visible, que como un sudario se cernía sobre el edificio.

—¡No debes..., no mires! —dije yo, con un escalofrío, mientras con suave firmeza apartaba a Usher de la ventana y lo acercaba a un sillón—. Esas visiones que tanto te impresionan sólo son fenómenos eléctricos normales...,[12] o puede que tengan un origen espectral en los

12 El narrador alude al fuego de Santelmo, fenómeno que se produce a veces en las tormentas, consistente en una ráfaga luminosa que aparece sobre los objetos metálicos, especialmente sobre los mástiles de las embarcaciones.

miasmas fétidos[45] del lago. Vamos a cerrar esta ventana: entra aire frío, y no es bueno para tu salud. Tengo aquí una de tus historias favoritas. Yo leo y tú escuchas..., así pasaremos juntos esta noche terrible.

El vetusto volumen que yo había elegido era *Tristán el loco*, de sir Launcelot Canning.[13] He aludido a él entre los preferidos de Usher más como una mala broma que en serio, pues a decir verdad poco hay en su prolijidad[46] tosca y carente de imaginación que pudiese interesar al espíritu idealista y elevado de mi amigo. Con todo, era el único libro que yo tenía a mano, y albergaba la vaga esperanza de que el nerviosismo que agitaba al hipocondríaco se viera aliviado incluso con la exagerada sinrazón de lo que iba a leer (que de tales anomalías está llena la historia de las perturbaciones mentales). Ciertamente, a juzgar por el aire animado y muy atento con que escuchó o pareció escuchar el relato, yo bien podría haberme felicitado por el acierto de la idea.

Había llegado a ese pasaje tan conocido en el que Ethelred, el héroe de este Tristán, que en vano había intentado que le dejaran entrar pacíficamente en el refugio del ermitaño, se decide a hacerlo por la fuerza. En ese punto, como se recordará, la historia dice así:

«Y Ethelred, que era de natural valeroso, con las energías ahora renovadas por la fuerza del vino que había ingerido, decidió no esperar más para parlamentar con el ermitaño, en verdad un ser malicioso y obstinado, y al sentir la lluvia sobre los hombros, temeroso de la tempestad que arreciaba, alzó su maza y a golpes abrió en

45 *miasmas*: emanación maloliente de sustancias en descomposición; *fétidos*: apestosos.

46 *prolijidad*: cualidad de un relato demasiado extenso y pesado.

13 Tanto el título como el autor y la historia son invenciones de Poe, aunque el estilo que emplea remeda bien el característico de las novelas góticas y de escritores como Walter Scott.

seguida una brecha en la tablazón de la puerta y por él introdujo su guantelete.[47] Tiró con tanta firmeza que la quebró, rajó y destrozó entera con tal violencia que el quejido de la madera seca recorrió todo el bosque como un alarido».

Me estremecí al concluir esta frase y por un instante me detuve, porque me pareció (aunque al punto concluí que era víctima de mi propia imaginación), me pareció, digo, que desde algún lugar apartado de la mansión llegaba a mis oídos lo que bien podía ser el eco, pues era exactamente igual, aunque sofocado y débil, del mismísimo ruido que sir Launcelot acababa de describir. Fue sin duda esa coincidencia lo que llamó mi atención; porque, con el batir de las contraventanas y los retumbos propios de la tormenta que arreciaba, este otro sonido nada de peculiar tenía, desde luego, que pudiera haberme atraído o alterado. Proseguí el relato:

«Pero el buen paladín[48] Ethelred, que ahora cruzaba la puerta, se enfureció, asombrado de no ver señal alguna del malvado ermitaño; y sí, en su lugar, un dragón cubierto de escamas, de porte prodigioso y lengua de fuego, en guardia ante el palacio de oro con pavimentos de plata; y del muro pendía un escudo de reluciente bronce en el que se veía esta leyenda:[49]

> Quien entre aquí, un conquistador será;
> Quien mate al dragón, con el escudo se hará.

»Y Ethelred alzó su maza y asestó tal golpe en la cabeza del dragón que éste se derrumbó, exhalando un último aliento apestoso, y al tiempo un chillido tan horrendo y discordante, tan penetrante, que Ethelred no pudo

47 *guantelete*: parte de la armadura de guerra que cubre la mano.
48 *paladín*: caballero que en la guerra se distingue por sus hazañas.
49 *leyenda*: inscripción, texto escrito en un objeto.

menos de taparse los oídos con las manos para defenderse de un sonido tan horrendo como nunca antes se oyera otro igual».

Volví de pronto a hacer aquí una pausa, ahora con un sentimiento de completo asombro, porque ya no había la menor duda de que en ese momento yo desde luego oía un alarido, un chirrido profundo, al parecer lejano, pero discordante, prolongado y de lo más extraño (aunque me resultaba imposible decir de dónde venía), el equivalente exacto de lo que mi fantasía ya había imaginado como el agudo estertor del dragón que el narrador acababa de describir.

Sumido por esta segunda y extrañísima coincidencia en un mar de sentimientos opuestos, en los que dominaban el asombro y un terror total, mantuve todavía la suficiente presencia de ánimo como para evitar excitar aún más con cualquier comentario mío el nerviosismo tan susceptible de mi compañero. Yo no tenía ninguna seguridad de que él hubiera notado aquellos ruidos. Pero lo cierto es que durante los últimos minutos se había obrado un cambio extraño en su conducta.

Sentado inicialmente frente a mí, había hecho girar poco a poco su sillón hasta quedar frente a la puerta de la estancia; en esa posición sólo podía verle parte de la cara, aunque sí noté que le temblaban los labios como si estuviera balbuciendo palabras imperceptibles. Apoyaba ahora la cabeza sobre el pecho..., pero yo sabía que no estaba dormido: tal como yo lo observaba de perfil podía verle un ojo abierto y atento. El movimiento de su cuerpo me confirmaba en la misma impresión..., porque se mecía de un lado a otro con un suave vaivén, constante y uniforme. Me bastó una muy breve pausa para advertir todo esto. En seguida volví al relato de sir Launcelot, que proseguía así:

«Y entonces el paladín, libre ya de la horrible furia del dragón, con el pensamiento puesto en el escudo de bronce y en deshacer su encantamiento, apartó de su camino el cadáver de la bestia y se acercó resuelto por la calzada de plata del castillo hasta donde el escudo pendía del muro; y sin aguardar a que Ethelred se acercara, el escudo cayó a sus pies sobre el pavimento de plata, con tremendo estruendo metálico».

Apenas habían salido de mis labios esas palabras cuando (como si un escudo de bronce hubiera caído pesadamente en aquel mismo momento sobre un pavimento de plata) fui consciente de un eco nítido, hueco, metálico y retumbante, pero como amortiguado. Muy asustado, me puse en pie de un salto: el balanceo acompasado de Usher seguía como antes. Me precipité hasta el sillón en que él estaba sentado. Tenía entornados los ojos, fijos ante él, y una rigidez de piedra dominaba su semblante. Sin embargo, al ponerle yo la mano en el hombro, un fuerte estremecimiento recorrió toda su persona; en los labios le temblaba una sonrisa enfermiza; y noté que emitía un murmullo apresurado y confuso, como si no fuera consciente de mi presencia. Me incliné junto a él y pude al fin captar el espantoso fluir de sus palabras:

—¿No lo oyes?... Sí, lo oigo, lo he oído. Lo he oído largos..., largos..., largos minutos, largas horas, muchos días..., pero no me atrevía..., ¡Oh, ten piedad de mí, de este miserable desgraciado!..., no me atrevía..., ¡no me atrevía a hablar! ¡La hemos enterrado viva! ¿No te he hablado de la sensibilidad de mis sentidos?[14] Pues ahora te digo que yo oí sus primeros débiles movimientos en el ataúd vacío. Los oí..., hace muchos, muchos días, pero no

14 Compárense estas palabras con las que escribe el protagonista de «El corazón delator» al principio y al final de su relato.

me atrevía..., ¡no me atrevía a hablar! Y ahora..., esta noche..., Ethelred..., ¡ja!, ¡ja!..., ¡la puerta rota del ermitaño, y el grito agónico del dragón, y el estruendo metálico del escudo...!, ¡o di más bien el ataúd hendido, y el chirrido de las bisagras de su cárcel, su forcejeo entre las planchas de cobre de la cripta! ¡Oh! ¿Adónde podré escapar? ¿No estará al llegar? ¿Es que no tiene prisa por recriminarme mi precipitación? ¿No son sus pasos los que he oído en la escalera? ¿No distingo ya el latido pesado y horrible de su corazón? ¡LOCO! —y de un salto furioso se puso en pie, y sus palabras fueron un chillido, como si en el esfuerzo estuviera entregando el alma—: ¡LOCO! ¡TE DIGO QUE ELLA ESTÁ AHORA AL OTRO LADO DE LA PUERTA!

Y como si en la energía sobrehumana de ese grito se hubiera encerrado el poder de un hechizo..., en aquel mismo instante las dos enormes hojas de la vetusta puerta que él señalaba abrieron lentamente sus pesadas mandíbulas de ébano. Las había abierto una fuerte ráfaga de viento..., pero allí estaba, al otro lado de la puerta, la figura altiva, sin el sudario, de lady Madeline de Usher. La sangre le cubría las vestiduras blancas y todo su cuerpo demacrado hablaba de un enconado[50] forcejeo. Permaneció un momento en el mismo umbral, temblorosa y en tambaleante vaivén..., luego, con un gemido profundo, dio un paso adelante, se abalanzó sobre su hermano y, entre estertores violentos de muerte, lo derribó ya cadáver, víctima de los terrores que él mismo había previsto.

Escapé horrorizado de aquella estancia, de aquella mansión. En lo alto seguía con toda su furia la tormenta. Cruzaba yo la vieja calzada cuando, de pronto, un golpe de luz iluminó todo el camino. Me volví para ver de dón-

50 *enconado*: reñido.

de podía proceder una luminosidad tan extraña, pues yo sólo había dejado atrás una casa enorme envuelta en sombras: era el resplandor de una luna llena sobre el horizonte, color de sangre, que brillaba ahora con fuerza a través de aquella fisura a la que aludí al principio, entonces apenas perceptible, que desde el tejado cruzaba en zigzag toda la fachada hasta la base misma del edificio. Ante mis propios ojos, rápidamente, aquella grieta estaba haciéndose cada vez mayor..., pasó el brusco aliento de un torbellino..., en un instante irrumpió ante mí el disco entero de la luna..., y me dominó el vértigo mientras veía cómo aquellos gruesos muros se derrumbaban..., hubo un estruendo prolongado, turbulento como la voz de mil corrientes de agua..., y a mis pies la laguna profunda y malsana se tragó hosca y silenciosa las ruinas de la CASA USHER.

PROPUESTAS DE TRABAJO

TEXTOS AUXILIARES

1. SOBRE EL CUENTO COMO GÉNERO LITERARIO

1.1

El cuento, según Poe

«Un artista diestro ha creado un cuento. Si es hábil, no habrá diseñado sus ideas para que se acomoden a los incidentes sino que, habiendo concebido cuidadosamente cierto efecto único, habrá inventado después los incidentes, combinándolos del modo más favorable para lograr ese efecto concebido de antemano. Si la primera frase no apunta a la consecución de ese efecto, significa que ha fracasado en el primer paso. En toda la composición no debería haber una sola palabra cuya tendencia, directa o indirecta, no sea hacia ese diseño preliminar. [...] Aquí, como en el poema, no es aconsejable la brevedad excesiva, pero debe evitarse más aún la longitud indebida.»

Edgar Allan Poe, «Reseña» de *Cuentos contados dos veces,* de Nathaniel Hawthorne (1842).

1.2

La unidad del cuento

«El autor se ceñirá tanto como pueda a la unidad de acción que desdeña las peripecias inútiles, a la unidad de espacio que preserva una atmósfera original, a la unidad de tiempo, que concentra el drama, a la unidad de efecto que brota en la acción para estallar en el desenlace. [...] Toda la intriga se concibe en función del desenlace.»

Louis Vax, *Las obras maestras de la literatura fantástica,* Taurus, Madrid, 1981, p. 32.

1.3

Sobre la verosimilitud

«El narrador debe evitar [...] la expresión *franca y directa* [...] y reservar por tanto mucho a la imaginación; debe escribir como si el autor estuviera en posesión de la verdad y, no obstante, sorprendido de la inmensidad de las maravillas que relata [...]; [debe recurrir] a la precisión de los detalles, especialmente sobre aspectos que no guardan una relación directa con el núcleo de la historia.»

Edgar Allan Poe, reseña de *Sheppard Lee,* de R. Montgomery, en T.O. Mabbott, ed., Edgar Allan Poe, *Collected Works. II. Tales and Sketches,* The Belknap Press of Harvard University Press, Cambridge, Mass., 1978, p. XXII.

2. IMÁGENES DEL SUBCONSCIENTE

2.1

La dimensión psicológica de la obra de Poe

«Quizá el aspecto más fascinante de la obra de Poe para un lector contemporáneo sea el modo en que ilumina el mundo de la mente humana. Sus cuentos son únicos por la preocupación obsesiva que muestran con las regiones más oscuras de la mente, con viajes de pesadilla a zonas sin explorar de la vida mental y espiritual. Una y otra vez se reproduce en sus narraciones el motivo del descenso, real o simbólico, a los infiernos —un pozo, una tumba, una cripta...— con el que el héroe se libera del mundo exterior a la vez que pierde su identidad. [...] La *viveza* de las impresiones de Poe reside en su extraña habilidad para implicar al lector en los tormentos espirituales y psicológicos de sus personajes; el lector se hace partícipe de la experiencia traumática del narrador. El lector del siglo XX [...] comprende que bajo la costra gótica aparece una iluminación de la mente. Con dos guerras mundiales aún recientes, en un siglo que ha vivido la violencia y la tortura hasta extremos inimaginables, nosotros quizá podamos responder mejor a sus efectos que los críticos y lectores de su propia generación. Su habilidad para describir las profundidades del tormento psicológico, de descender imaginativamente al torbellino de la mente humana, de traspasar la tenue frontera entre la razón y la locura, es uno de sus mayores dones y continuará otorgando importancia a su obra durante los próximos siglos.»

J. R. Hammond, *An Edgar Allan Poe Companion,* Londres, The Macmillan Press, 1981.

2.2

Poe y el viaje al subconsciente

«La vida de Poe debió de ser una pesadilla más horrible aún de lo que sus relatos o cartas nos dan a entender. Sus escritos son un reflejo del tormento y la confusión interior que fue destruyéndole, y el hecho de que el dolor, la crueldad, el entierro prematuro y la corrupción —expresiones todas del deseo de morir— fueran obsesivos en Poe demuestran hasta qué punto había prendido en él el deseo de autodestrucción. [Pero, quizá por ello Poe fue el primero en] adentrarse en la inexplorada mina del subconsciente para liberar las extrañas y terribles imágenes que rara vez habían aparecido con anterioridad en letra impresa hasta que él las introdujo en su obra.»

P. Van Doren Stern, «Introduction», *The Portable Poe,* Penguin, Hardmondsworth, 1983, p. XXXVIII.

2.3

Descripción clínica de la esquizofrenia

«El paciente, generalmente joven, empieza a mostrar una conducta anormal [...]; por ejemplo,[...] un trabajador que comienza a pensar que su jefe o sus compañeros le tienen ojeriza [...]. En ocasiones la enfermedad se inicia con un periodo de confusión y agitación [...]. El paciente empieza a pensar que ciertas cosas están relacionadas con él o tienen un significado especial [...]. Por ejemplo, si se encuentra a alguien conocido por la calle, piensa que le está espiando. Aumentan las sospechas hacia los demás: le miran de un modo peculiar, se ríen de él o murmuran a sus espaldas. [...] La percepción del paciente parece alterarse, ya que oye y ve las cosas distorsionadas. El mundo, o su entorno, le parecen anormales o al menos extraños. [...] Tan frecuentes, o más, que las ilusiones son las alucinaciones o percepciones que se producen sin ningún objeto o estímulo del entorno. En muchos casos las alucinaciones van precedidas, o acompañadas, por la sensación de que los propios pensamientos son audibles, que pueden ser oídos por las personas de al lado o incluso por las muy distantes. Un número muy elevado de pacientes oye voces que le acusan de ser espía, homosexual, o asesino.»

Silvano Arieti, *Interpretación de la esquizofrenia,* Nueva York, Basic Books, 1974, pp. 9-32.

3. CLAVES PARA ALGUNOS CUENTOS

3.1

Edgar Poe y los gatos

«La línea que separa el instinto de los animales y la razón de la que tanto presume el hombre es, sin duda, borrosa e incierta. [...] Posiblemente, la pregunta de si los animales inferiores razonan o no, no se podrá contestar nunca. [...] Mientras que en su orgullo y arrogancia el hombre insiste en negar esa capacidad de reflexión a las bestias, ya que el concedérsela parecería derogar su propia supremacía, sin embargo se encuentra siempre apresado en la paradoja de considerar el instinto una capacidad inferior, a la vez que se ve forzado a admitir en miles de ocasiones su infinita superioridad sobre la mismísima razón que considera su propiedad exclusiva. [...]

El autor de este artículo es propietario de una de las gatas negras más extraordinarias del mundo (y esto es decir mucho porque, como se recordará, todos los gatos negros son brujas). La gata en cuestión no tiene un sólo pelo blanco [...]. A la parte de la cocina que más frecuenta sólo se puede acceder por una puerta, que se cierra con un pestillo. Estos pestillos son de construcción tosca y se necesita siempre cierta destreza para abrirlos. Pero la gatita tiene el hábito de abrirla a diario... Hemos observado esta hazaña singular muchísimas veces, siempre impresionados por la veracidad de la afirmación con la que comenzaba este artículo: que el límite entre el instinto y la razón es muy vago. La gata negra, al realizar su hazaña, debe de haber utilizado todas las facultades reflexivas y perceptivas que tenemos la costumbre de pensar que son cualidades exclusivas de la razón.

Edgar A. Poe, «El instinto contra la razón: una gata negra» (1840).

3.2

Un asesino describe el instinto de la perversidad

«Bajo las incitaciones de la perversidad actuamos por la razón de que no deberíamos actuar. En teoría, ninguna razón es más irrazonable; pero, de hecho, no hay ninguna más fuerte. Para ciertos espíritus, en ciertas condiciones llega a ser irresistible. [...] Esta invencible tendencia a hacer el mal por el mal mismo no admitirá análisis. [...] Es un impulso radical, primitivo, elemental. [El narrador, condenado y desde la cárcel, relata entonces que asesinó impunemente a una señora, heredó su fortuna y vivió varios años tranquilamente hasta que un día, "en un acceso de petulancia", se dijo:] "Estoy a salvo, estoy a salvo, si no soy lo bastante tonto para confesar abiertamente". [Y esa insinuación] ahora se enfrentaba conmigo como la verdadera sombra de mi asesinado y me llamaba a la muerte.

Al principio hice un esfuerzo para sacudir esta pesadilla de mi alma. Caminé vigorosamente, más rápido, cada vez más rápido, para terminar corriendo. Sentía un deseo enloquecedor de gritar con todas mis fuerzas. Cada ola sucesiva de mi pensamiento me abrumaba de terror, pues, ay, yo sabía bien, demasiado bien, que pensar, en mi situación, era estar perdido. Aceleré más el paso. Salté como un loco por las calles atestadas. Al fin, el populacho se alarmó y me persiguió. Sentí entonces la consumación de mi destino. Si hubiera podido arrancarme la lengua, lo habría hecho, pero una voz ruda resonó en mis oídos, una mano más ruda me aferró por el hombro. Me volví, abrí la boca para respirar. Por un momento experimenté todas las angustias del ahogo: estaba ciego, sordo, aturdido; y entonces algún demonio invisible —pensé— me golpeó con su ancha palma en la espalda. El secreto, largo tiempo prisionero, irrumpió de mi alma.

Dicen que hablé con una articulación clara, pero con marcado énfasis y apasionada prisa, como si temiera una interrupción antes de concluir las breves pero densas frases que me entregaban al verdugo y al infierno. Después de relatar todo lo necesario para la plena acusación judicial, caí por tierra desmayado.»

Edgar A. Poe, «El demonio de la perversidad» (1845).

3.3

Una interpretación de «La máscara de la Muerte Roja»

«En sus ensayos, Poe describe el racionalismo [...] de su época como una "enfermedad". Y eso es lo que significa la Muerte Roja. La huida de la Muerte Roja emprendida por el príncipe Próspero representa la huida de la consciencia del tiempo y del mundo por parte de la imaginación poética en busca del sueño. Los mil invitados al baile de disfraces del príncipe son exactamente lo que dice Poe que son: "sueños" o "fantasmas", veladas y vívidas criaturas producto de la imaginación desbordante del príncipe Próspero. Cada vez que en Poe aparece una fiesta, un carnaval o un baile de disfraces, podemos estar seguros de que se trata de la representación de un sueño. [...]

La figura con el sudario ensangrentado [...] representa el despertar a la consciencia temporal, y su llegada significa la muerte de los sueños. [...] Reconociendo a su adversario como su propio *yo* terrenal y mortal, el príncipe Próspero lanza un grito de desesperación porque se percata que sólo a través de la autodestrucción puede el poeta liberarse por completo de las trabas de este mundo.»

Richard Wilbur, «The House of Poe», en Robert Regan, ed., *Poe. A Collection of Critical Essays*, Prentice-Hall, Inc., N. J., 1967, p. 119.

3.4

La danza de la muerte

«Yo soy la muerte, que a todas criaturas
que hay y habrá en el mundo destroza y arrasa.
Hombre, te pregunto: di, ¿por qué procuras
tanto por vida que en un punto pasa?
La fuerza de un recio gigante es escasa
y de este mi arco no puede escapar:
segura es tu muerte si doy en tirar
con esta mi flecha cruel que traspasa.

¿Qué locura es ésta tan manifiesta
que piensas tú, hombre, que otro morirá
y tú quedarás, por ser bien dispuesta
tu complexión y que, así, durará?
No estás en lo cierto; acaso vendrá
sin esperarla alguna infección
de landre o de carbunclo, o alguna hinchazón,
y tu pobre cuerpo se descompondrá. [...]

A la danza mortal venid los nacidos
todos del mundo, de cualquier estado.
Los que no quisieren, con fuerza impelidos
hareles venir muy pronto al llamado.»

Anónimo, *Danza general de la Muerte*, en F. Lázaro Carreter, ed., *Teatro medieval*, Castalia (Odres nuevos), Madrid, 1976, pp. 227-229.

4. FUENTES DOCUMENTALES

4.1

Hallazgo del cadáver de un hombre emparedado

[En la Iglesia de San Lorenzo, en la ciudad italiana de Don Giovanni, se encontró el cadáver de un hombre que había sido emparedado en un muro. El autor recrea, en la descripción siguiente, el modo en que el horrendo crimen se llevó a cabo]: «Los huesos indican que se trata de un hombre fuerte y, aunque sólo queda el esqueleto, su actitud y aspecto le producen a uno la impresión de una muerte agónica. [...] Se encontraba conmigo un médico inglés que, aunque acostumbrado a los esqueletos, cambió la expresión al ver éste. [...] Se mantuvo callado hasta que salimos y entonces dijo, en voz baja y solemne, como si él mismo hubiese asistido al enterramiento en vida: "Ese hombre murió de asfixia, y fue emparedado vivo..., fue introducido en el hueco del muro, y emparedado, comenzando por los pies". [...] Bajo la débil luz de las lámparas, cuyos rayos apenas iluminaban el elevado techo, retiró las piedras mientras la víctima le miraba, y después de tomar muchas medidas para ver si la abertura era suficiente. [...] Al cabo consideró que bastaba y subió hasta ella a la víctima. El obrero comenzó a la altura de los pies y con la argamasa y la paleta trabajaba con el mismo descuido con el que se repararía un muro cualquiera. El afortunado enemigo estaba erguido, apoyado en su espada —una sonrisa de sorna y venganza en su semblante—, y miraba el rostro del hombre que odiaba, pero al que ya no temía. [...] Colocar las piezas con precisión para cerrar la abertura fue una tarea lenta. [...] Colocó la última piedra en su lugar..., la paleta se deslizó con suavidad sobre ella..., un grito ahogado, que parecía surgir del centro de la roca, rompió el silencio..., un fuerte estremecimiento, y todo se había acabado. Había pasado la agonía..., la venganza se había cumplido, y un secreto quedaba enterrado hasta el día de la gran revelación.»

Joel T. Headley, «Un hombre emparedado en un muro», *Columbian Magazine*, agosto de 1844, en T.O. Mabbott, ed., Edgar A. Poe, *Collected Works. II. Tales and Sketches*, The Belknap Press of Harvard University Press, Cambridge, Mass., 1978, p. 1254.

4.2

Baile de máscaras durante la epidemia de cólera en París

«Fue en un baile de máscaras en el *Théâtre des Varietés* [...] en celebración del cuarto domingo de Cuaresma. Había unas dos mil personas con imaginativos disfraces, la mayoría grotescos y satíricos. [...] El baile se prolongó hasta las siete de la mañana, con toda la alegría extravagante y el ruido del que los franceses son capaces. Hubo el "vals del cólera" y el "galop del cólera", y un hombre de enorme estatura iba vestido como la personificación misma del Cólera, con un esqueleto como armadura, ojos inyectados en sangre, y otros horribles accesorios. [...] Era el centro de todas las atenciones y de todas las burlas..., a pesar de que, probablemente, diecinueve de cada veinte de los allí presentes vivían en los barrios más abatidos por la enfermedad y conocían perfectamente su carácter mortal.»

Nathaniel Willis, noticia publicada en el *New York Mirror,* 2 de junio de 1832, en T.O. Mabbott, ed., Edgar A. Poe, *Collected Works. II. Tales and Sketches,* The Belknap Press of Harvard University Press, Cambridge, Mass., 1978, p. 668.

4.3

Muerte por el péndulo

«El siguiente hecho demuestra que los inquisidores de nuestro tiempo nada tienen que envidiar a los seguidores del fanático Torquemada. *** estaba presente cuando se abrieron las puertas de la Inquisición, en 1820, por orden de las Cortes de Madrid. Se encontraron veintiún prisioneros, ninguno de los cuales sabía en qué ciudad se hallaba: algunos llevaban allí confinados tres años, algunos más, y ninguno conocía a ciencia cierta la naturaleza del delito del que se le acusaba.

Uno de estos prisioneros había sido condenado, y su castigo iba a tener lugar al día siguiente. Se trataba de la muerte por «el Péndulo». El método para acabar con la víctima es el siguiente: se ata al condenado de espaldas sobre una mesa; encima de él se encuentra suspendido el Péndulo, que tiene un borde muy afilado y está diseñado de tal modo que, con cada movimiento, el péndulo desciende un poco. El desgraciado ve este instrumento de destrucción oscilar sobre su cabeza, y su afilada hoja cada vez más próxima a su cuerpo. Por fin alcanza la piel de su nariz y lo va cortando gradualmente hasta que la vida se extingue. Existe la duda de si, en su misericordia, el Santo Oficio alguna vez inventó un método más humano y más rápido de exterminar la herejía o de asegurarse la confiscación de unos bienes. ¡¡Esto, recuérdese, era un castigo del Tribunal Secreto en el año de gracia de 1820!!»

Prefacio a la obra *History of the Inquisition* (Londres, 1826), traducción inglesa de la obra de Juan Antonio Llorente, *Anales de la Inquisición en España* (1812).

4.4

Crónica de un asesinato

«Un anciano, sin un sólo enemigo, en su casa y en su propia cama, es víctima de un encarnizado asesinato [...]. El hecho se cometió con una serenidad y una sangre fría parejas de la iniquidad con la que se planeó. [...] La víctima había caído en un sueño profundo... Un anciano saludable... El asesino entra... Sin el menor ruido atraviesa el solitario salón [...] y abre lenta y suavemente la cerradura de la puerta, hasta que ésta gira sobre sus goznes sin un ruido. Entra y contempla a su víctima... El rostro del inocente anciano dormido le sugiere dónde golpear. [Tras asesinar al anciano] huye. [...] Nadie lo ha visto ni oído. ¡El secreto es sólo suyo y está a salvo!

¡Ah, señores!, pero ése fue un terrible error. Un secreto semejante no está a salvo en ninguna parte. [...] "El crimen aflorará"..., el alma culpable no puede guardar el secreto. [...] El corazón humano no es adecuada residencia para semejante habitante. El secreto que el asesino posee muy pronto llega a poseerlo a él; y como los espíritus diabólicos sobre los que hemos leído en los libros, acaba por vencerlo y lo conduce adonde quiere. El asesino siente que le late en el corazón y que le sube hasta la garganta, exigiendo ser aireado. Piensa que todo el mundo lo ve en su cara, lo lee en sus ojos y hasta casi lo oye en su callado pensamiento. Se ha convertido en su dueño... ¡Debe ser confesado y será confesado!»

Daniel Webster [fiscal en el juicio contra J.F. Knapp], *Discurso pronunciado en el juicio*, en T.O. Mabbott, ed., Edgar Allan Poe, *Collected Works. II. Tales and Sketches*, The Belknap Press of Harvard University Press, Cambridge, Mass., 1978, p. 790.

5. NARRADORES, GÉNERO Y PERSONAJES

5.1

Los narradores

«Los narradores de Poe poseen una conciencia y un carácter distintos de los de su creador. [...] Estos protagonistas tienen sus propios pensamientos y son víctimas de sus propias pasiones. [...] Poe los entiende mejor que ellos mismos. [...] Con frecuencia compone sus cuentos de modo que muestren la comprensión limitada que el narrador tiene de sus propios problemas y estados de ánimo. [...]

En "El corazón delator" la diferencia entre autor y narrador resulta evidente. Las agudas exclamaciones, las preguntas nerviosas y las frases entrecortadas ponen claramente de manifiesto la intención de Poe; la insistencia enfermiza del narrador en demostrar su cordura sirve tan solo para subrayar su locura. [...]

En "El barril de amontillado" [...] Montresor, al cometer un crimen perfecto contra otra persona, comete el peor de los crímenes contra sí mismo. Su "fría" inteligencia teje un intrincado plan que, aunque satisface su sed de venganza, le despoja de su humanidad. La venganza prevista para su víctima se vuelve contra él mismo. [...] Tras cincuenta años, es la obsesión de su vida. [...]

En "El gato negro", el gato reencarnado provoca que el narrador asesine a su mujer. [Como en los casos anteriores], el narrador no entiende que su ataque a otra persona se debe a su enfermedad y a su desequilibrio.»

James W. Gargano, «La cuestión de los narradores de Poe», en R. Regan, ed., *Poe. A Collection of Critical Essays*, Prentice-Hall, Inc., N. J., 1967, pp. 165-170.

5.2

Lo «fantástico» en Poe

«[Para Poe, *fantasía* es] la intrusión de elementos misteriosos en el mundo de los sentidos, pero esta intrusión en su caso siempre se produce sin la intervención exterior de espectros, monstruos, demonios o milagros. En sus cuentos el terror se hace presente en el mundo cotidiano de un modo más sutil. Surge a través de las visiones y alucinaciones de sus personajes. Este elemento fantástico es de origen subjetivo o, más exactamente, onírico. No se requieren fantasmas o sucesos sobrenaturales. Se trata de pesadillas descritas a veces como tales. [...] En "Sombra. Una parábola", Poe hace la siguiente afirmación que equivale a una confesión: "Había cosas que nos rodeaban por todas partes que no puedo relatar con precisión..., cosas materiales y espirituales..., una pesadez en la atmósfera..., una sensación de ahogo..., de ansiedad..., y, sobre todo, ese terrible estado de la existencia que las personas nerviosas alcanzan cuando los sentidos están vivamente aguzados y despiertos, mientras las facultades de la mente están adormecidas".»

Roger Asselineau, «Edgar Allan Poe», en G. T. Wright, ed., *Seven American Literary Stylists from Poe to Mailer*, University of Minnesota Press, Minneapolis, 1973, pp. 25-26.

5.3

Los personajes

«[Los héroes de Poe] son personajes solitarios y atormentados, con desequilibrios congénitos, adictos al alcohol o a las drogas. Saben que, tarde o temprano, están condenados a perder su cordura o sus vidas y acaban de hecho matando o muriendo ante nuestros ojos en circunstancias horribles. [...] Como Baudelaire, [...] Poe podría haberse dirigido a sus lectores diciendo: "¡Lector hipócrita, hermano!" Nos guste o no, sentimos secretos vínculos con Poe y sus héroes. [...] Son figuras románticas y prefiguraciones del héroe existencialista del siglo veinte. Viven en un mundo vacío, deshumanizado y sin religión, sumergidos en una profunda melancolía. [...] A menudo están encerrados en un lugar sin salida. Son oscuros Narcisos entregados a una búsqueda desesperada de su identidad y perseguidos por un oscuro sentimiento de culpabilidad; se sienten alienados del mundo que les rodea. Pasan el tiempo hablando con su doble (el narrador) o intentando adivinar sus pensamientos [...] o luchan con él y finalmente lo matan [...]. Tanto si matan a su doble —y por tanto, a sí mismos— o a una víctima ajena a él, lo hacen para encontrarse a sí mismos. "Mato, luego existo". Pero el conocimiento de uno mismo no conduce más que a la autodestrucción.»

Roger Asselineau, «Edgar Allan Poe», en G. T. Wright, ed., *obra citada*, pp. 20-21 y 27-28.

6. DOS VISIONES DE POE

6.1

Comienzo de la leyenda negra sobre Poe

«En [Poe] la pasión era el producto de las emociones más funestas y contrarias a la felicidad de los hombres. No se le podía contradecir sin provocar de inmediato su cólera ni hablar de fortuna sin ver palidecer sus mejillas bajo los efectos de una envidia devoradora. Las ventajas naturales de este pobre muchacho —su belleza, su osadía, el espíritu audaz que emanaba de él como una atmósfera resplandeciente— habían acabado subvirtiendo la confianza fundamental que tenía en sí mismo: ésta se había transformado en una arrogancia tal que el derecho que tenía a la admiración se trocaba en prevención hostil. [...] Alimentaba hasta un punto enfermizo lo que vulgarmente se llama la ambición, pero sin ninguna aspiración a la estima o al amor de su prójimo; sólo le quedaba el arisco deseo de triunfar —no de brillar ni de servir—, para poder despreciar un mundo que hería su suficiencia.»

Rufus Griswold, noticia de la muerte de Edgar Poe, *New York Tribune*, 9 de octubre de 1849.

6.2

La visión de Baudelaire

«Existen destinos fatales. En la literatura de todos los países hay hombres que llevan escritos la negra, con caracteres misteriosos, en los pliegues sinuosos de la frente [...]. La vida de Edgar Poe fue una tragedia lastimosa, que tuvo un desenlace en el que lo trivial acrecienta lo horrible. Los diversos documentos que ahora he leído me han convencido de que los Estados Unidos fueron para Poe una enorme jaula, una gran oficina de contabilidad, y de que durante toda su vida realizó siniestros esfuerzos por escapar a la influencia de esa atmósfera antipática.»

Charles Baudelaire, *Edgar Allan Poe*, Fontamara, Barcelona, 1981.

ANÁLISIS LITERARIO

1. EL GATO NEGRO

1.1

Según las teorías de Poe sobre el cuento (véase la «Introducción», p. XXVI y el texto auxiliar 1.1), todo en la composición del relato breve debe apuntar a un mismo objetivo y subordinarse a la consecución de un **«efecto único»** que culmina y se intensifica en el desenlace.

a **¿Qué «efecto» o impresión provoca este relato en el lector y qué episodios la mantienen y refuerzan? ¿Contribuyen las últimas palabras del relato a crear ese «efecto»? La voz del gato 'delata' al asesino: ¿qué tema del cuento se nos desvela en el desenlace y cuándo aparece con anterioridad?**

El **primer párrafo** del cuento —dice Poe— es de gran importancia porque en él se establece ya el tono y la atmósfera de todo el texto.

b **¿En qué sustantivos y adjetivos hace el narrador mayor insistencia? ¿Coinciden con el «efecto» que se desea lograr?**

La **actitud del narrador** respecto a los hechos relatados y respecto a sí mismo es fundamental para infundir **verosimilitud** al cuento, para hacerlo creíble (véase el texto auxiliar 1.3).

c **¿Desde qué situación personal afronta el narrador el relato? ¿En qué coincide la presentación de los hechos de este cuento con lo que Poe sugiere en el texto auxiliar citado? ¿Por qué insiste el narrador en su propia cordura?**

1.2

El narrador asegura no estar loco y, sin embargo, comete crímenes atroces. Desde el principio se nos hace así evidente una de los rasgos más destacados del cuento: la ambivalencia, **la dualidad**.

a **¿Cómo se describe el narrador en la infancia y cuál es su relación con los animales? (p. 4) ¿Cómo se comporta después y a qué atribuye el cambio? (p. 5)**

Una de las oposiciones o contradicciones que más llaman la atención es la que se produce entre **razón-cordura** e **irracionalismo-locura**.

b **¿Qué primer acto del protagonista resulta desmesurado, irracional? (p. 6) ¿Es consciente de ello? ¿Cómo reacciona tras su crueldad?**

El narrador atribuye sus acciones sucesivas al «**instinto de la perversidad**», tendencia que él mismo describe como sentirse «continuamente inclinados, en pleno uso de la razón, a violar lo que constituye la Ley, por el mero hecho de ser la Ley» (p. 7). Al instinto de la perversidad dedicó Poe un cuento («El demonio de la perversidad»), del que transcribimos un fragmento en el texto auxiliar 3.2. El instinto de perversidad culmina, como comprobamos en ese texto auxiliar, en la **autodestrucción**.

c **¿Qué otros actos emprende el narrador de «El gato negro» movido por la perversidad? ¿Qué actitud final le aboca, como en «El demonio de la perversidad», a la autodestrucción?**

d **Comenta, desde el punto de vista psicológico y ético, esta atracción por el mal que Poe llama «instinto de la perversidad». Pon ejemplos de acciones impulsadas —al menos en parte— por el placer de transgredir las normas.**

En el relato se producen fenómenos en apariencia **sobrenaturales**, aunque en ningún momento los califique el narrador de ese modo.

e **¿Qué hechos de índole sobrenatural suceden en el cuento? (pp. 7, 9, 11, 13 y 19) ¿Queda claro en el relato que se trata de fenómenos sobrenaturales? ¿Qué explicación 'lógica' procura dar el narrador a tales hechos?**

f **Comenta el significado simbólico del gato en el cuento. Consulta, para ello, la nota 1 (p. 4) y el texto auxiliar 3.1.**

El personaje es consciente del bien y del mal, pero comete acciones muy crueles sin motivo fundado y, a continuación, actúa con suma frialdad e inteligencia. El protagonista muestra asimismo rasgos de comportamiento **paranoicos** (la paranoia es una de las variantes de la esquizofrenia), como las alucinaciones y la manía persecutoria (véase texto auxiliar 2.3).

g **Comenta, con ejemplos, los rasgos señalados.**

h **En conjunto, ¿qué imagen recibimos de la personalidad del narrador-protagonista? ¿Hay algún punto de contacto entre éste y el propio Poe?**

Una parte importante del relato transcurre en un **sótano**.

i **¿Qué persigue Poe con esa ambientación?**

2. EL CASO DE MR. VALDEMAR

2.1

Como se ha señalado en la «Introducción» (p. XXVIII), muchos lectores contemporáneos de Poe creyeron que «El caso de Mr. Valdemar» era un **hecho verídico**, lo que causó una gran conmoción entre el público y algún que otro comentario irónico del autor.

a **¿Cómo consigue Poe transmitir esa sensación de verosimilitud? Aduce algunos ejemplos y pasajes del texto que contribuyan a crear ese efecto de veracidad y realismo. Observa asimismo la precisión horaria con que se relatan los hechos.**

El relato abunda en descripciones y **detalles desagradables** y hasta repugnantes.

b **Menciona algunos de ellos.**

Los visitantes son todos hombres de ciencia.

c **Sin embargo, ¿cómo reaccionan ante los hechos? ¿Qué detalle, en particular, parece impresionar al narrador? (pp. 31-32)**

El **desenlace**, como ocurre con frecuencia en Poe, redondea el cuento de forma estremecedora.

d **¿Resulta previsible? ¿Qué «efecto único» viene a reforzar?**

2.2

Aunque los hechos relatados en este cuento son obviamente ficticios, no es menos cierto que la **hipnosis** tiene hoy en día —y tuvo también en la época— algunas aplicaciones científicas.

a **¿Podrías mencionar alguna?**

El progreso de la ciencia entra a veces en conflicto con el respeto a la integridad humana y roza o sobrepasa lo **moralmente lícito** o admisible.

b **¿Te parece justificable, desde un punto de vista ético, el experimento que se lleva a cabo con Mr. Valdemar? ¿Debe la ciencia impedir la muerte a cualquier precio? Estableced un debate sobre la eutanasia.**

3. EL BARRIL DE AMONTILLADO

3.1

«El barril de amontillado» es el relato de una cruel **venganza**, inspirado en varias historias (véase la «Introducción», p. XXXI), una de las cuales hemos reproducido en el texto auxiliar 4.1.

a **¿Qué semejanzas presentan dichas historias con el cuento de Edgar Poe?**

Montresor, el protagonista y narrador, explica desde el primer momento sus deseos de venganza.

b **¿Por qué desea Montresor vengarse? ¿En qué consiste, para él, la verdadera venganza? ¿Consigue que se cumplan esos 'requisitos'? ¿Llega a saber Fortunato la razón de su emparedamiento?**

Poe escribió en una ocasión que «los criminales no siempre —ni siquiera en general— reciben un castigo».

c **¿Presenta este relato un caso de «crimen perfecto»?**

3.2

El relato se plantea, indirectamente, como el enfrentamiento entre dos **personajes**, Montresor y Fortunato. **Montresor** decide vengarse de Fortunato mostrándole al tiempo su superioridad a través de constantes burlas e ironías.

a **¿Qué debilidad de Fortunato aprovecha Montresor? ¿Qué hábil recurso emplea para convencerlo? (pp. 38-40) ¿Actúa con premeditación? (pp. 40 y 47)**

En su conversación con Fortunato, Montresor emplea numerosas **ironías**, algunas de ellas trágicas.

b **Comenta algunas de esas ironías (pp. 38-44).**

De **Fortunato** tenemos obviamente la imagen que el narrador —y su enemigo acérrimo— nos ofrece.

c **¿Qué ironía encierra su nombre? ¿Cómo va vestido y por qué? (p. 38) ¿Qué papel desempeña el amontillado —una vez más, el alcohol— en su perdición? ¿Qué evidente premonición se muestra incapaz de captar? (p. 43)**

3.3

Partiendo de las teorías de Poe, Louis Vax ha enunciado algunos **rasgos formales** que el cuento debe reunir (texto auxiliar 1.2).

a **Compruébese qué requisitos de los señalados por el crítico se cumplen el «El barril de amontillado».**

El relato transcurre en una noche de **carnaval**, fiesta que parece especialmente apropiada para enmarcarlo.

b **¿Por qué?**

También el **espacio** en que se desarrolla la acción, tan característico de Poe, resulta muy idóneo.

c **¿Por qué resulta este espacio tan apropiado al relato y a qué se debe que Poe recurra tanto a este tipo de espacios?**

4. LA MÁSCARA DE LA MUERTE ROJA

4.1

Se ha dicho que «La máscara de la Muerte Roja» es una **alegoría**, es decir, un texto que se caracteriza por un significado literal y otro metafórico, que trataremos de desentrañar. El tono alegórico se ve reforzado en este cuento por la ambientación medieval, periodo en el que la alegoría religiosa tuvo gran importancia.

El príncipe Próspero y sus invitados intentan huir de la Muerte Roja recluyéndose en una abadía.

a ¿De qué modo se aíslan? ¿Hay en su actitud alguna muestra de egoísmo? ¿Cómo pretenden contrarrestar el horror de la Muerte Roja? (p. 50)

El núcleo argumental del cuento es el **baile de máscaras** que se desarrolla tras seis meses de encierro.

b ¿Qué características tienen el ambiente de los salones (p. 52) y los disfraces de los invitados (p. 54)? ¿Con qué adjetivos los calificarías? ¿En qué sentido es esa fiesta como un carnaval?

Pero en ese ambiente festivo se destaca súbitamente «un gigantesco **reloj de ébano**» (p. 53).

c ¿En qué salón se encuentra? ¿Cómo se describe el sonido del péndulo y del carillón? ¿Qué reacción provoca en la concurrencia? ¿Qué representa el reloj y a qué se opone? (p. 53) ¿Qué provocan y qué significan las doce campanadas?

4.2

En el cuento aparecen dos **personajes** principales (Próspero y la Muerte Roja) y un personaje colectivo (los cortesanos invitados). El **príncipe Próspero** es quien toma la decisión de aislarse en la abadía y quien organiza, según sus gustos personales, el fastuoso baile.

a ¿Qué dice de Próspero el narrador? (pp. 50 y 54) ¿Qué gusto tiene? ¿En qué denota su valentía? ¿Qué crees que puede simbolizar el personaje?

Los **invitados** a la abadía y a la fiesta no tienen nombre propio y son descritos como «una muchedumbre de sueños» (p. 54).

b ¿Cómo interpretas esa forma de referirse a ellos?

El otro personaje a todas luces alegórico es la **figura enmascarada** que irrumpe en escena al tocar el reloj las doce campanadas.

c ¿Quién se oculta tras la máscara? Lee el texto auxiliar 3.4 y di qué coincidencias se producen con la danza de la muerte. ¿Qué interpretación moral podría tener el desenlace?

4.3

Hemos aludido ya a las variadas **interpretaciones** a que este relato ha dado lugar. En el texto auxiliar 3.3 encontrarás una de ellas.

a **¿En qué consiste? ¿Qué sentido tiene, desde esa perspectiva, el aislamiento de Próspero?**

Una de las **fuentes** probables en que Poe se inspiró a la hora de componer su cuento es una noticia sobre un baile de máscaras publicada en un diario de la época. En el texto auxiliar 4.2 se reproduce un fragmento.

b **¿Cuáles son las coincidencias y las divergencias?**

5. HOP-FROG

5.1

«Hop-Frog» es la historia de una terrible **venganza**, pero, a diferencia de «El barril de amontillado», los deseos de venganza no nacen directamente de la humillación a que constantemente es sometido el protagonista del cuento.

a **¿Qué motiva la venganza de Hop-Frog? (p. 69) Por ello, ¿en qué se distingue Hop-Frog de Montresor?**

El cuento tiene **tres partes** diferenciadas: en la primera el narrador presenta la historia, que es a continuación desarrollada en la segunda (humillación) y tercera partes (venganza). En la **primera parte** se describe a los protagonistas.

b **¿Qué visión nos da el narrador del monarca y los siete ministros? (pp. 63-64)**

En la «Introducción» (p. XXXVIII) hemos destacado que **Hop-Frog**, uno de tantos bufones de la corte, simboliza al **artista** y su condición en la sociedad.

c **¿Cómo viste Hop-Frog y cuál es la misión del bufón (artista) en la corte (sociedad)? ¿Cuál es su retribución? (p. 64)**

Hop-Frog es además enano y tullido, un motivo más de burla para los cortesanos.

d **¿Qué podría simbolizar esa deformación física del bufón y el hecho de no ser, paradójicamente, popular?**

El personaje presenta rasgos en común con el príncipe Próspero, el protagonista de «La máscara de la Muerte Roja», de quien ya hemos comentado su valor simbólico de artista.

e **¿Cuáles son esos rasgos? (p. 67) ¿Y qué rasgo de la personalidad de Poe muestra Hop-Frog? (p. 67)**

5.2

En la **segunda parte** se desarrolla la escena de la humillación de Hop-Frog y de Trippeta. Frente al uso exclusivo de la narración en la presentación del cuento, ahora predomina el diálogo. Éste es, por otro lado, uno de los dos relatos de esta antología en que el **narrador** no es, al propio tiempo, protagonista de la historia. Aunque utiliza la primera persona narrativa («Nunca he conocido», p. 63; «nunca supe», p. 67), el narrador no toma parte en la acción.

a **Sin embargo, ¿es del todo imparcial? ¿Cómo califica al enano por dos veces? (p. 68) ¿Y al rey? (p. 69)**

b **¿Qué ventaja presenta este relativo distanciamiento narrativo respecto al narrador-protagonista de otros cuentos?**

Es significativo que, para poner en evidencia la tiranía y crueldad del rey, el narrador abandone la narración y dé paso en esta escena a un **tenso diálogo**.

c **¿Por qué resulta en este caso más efectivo el diálogo que la narración? ¿Cuál es el momento de mayor tensión?**

d **Si Hop-Frog simboliza al artista, ¿qué podría representar Trippeta, igualmente maltratada?**

5.3

En la **tercera parte** se produce una inversión: ahora es Hop-Frog quien decide y manda, quien tiene las riendas de la situación y quien acaba por someter al rey y a sus ministros a algo más que una simple humillación. Quien antes era burlador es ahora burlado y sacrificado.

a **¿De qué modo ironiza Hop-Frog con el rey y sus ministros? (pp. 72-73) ¿Qué te sugiere el título del juego «los Ocho Orangutanes Encadenados»?**

b **¿Son ahora objeto de burla el rey y los ministros? (p. 76)**

En el desenlace del relato el bufón pone término a su terrible venganza. En «El barril de amontillado» Montresor expone las circunstancias que deben darse para que se cumpla una verdadera venganza (p. 37).

c ¿Se cumplen en este caso los requisitos de Montresor?

La venganza de Hop-Frog es de una crueldad y un refinamiento espantosos.

d ¿Opinas que el cuento tiene un final feliz?

e ¿Qué lecciones éticas están latentes en el relato?

6. EL POZO Y EL PÉNDULO

6.1

Como hemos señalado en la «Introducción», Poe se propuso en «El pozo y el péndulo» parodiar y superar los relatos sensacionalistas publicados en la revista inglesa *Blackwood*. En ellos, el personaje protagonista solía narrar en primera persona las terribles experiencias de que había sido víctima; con frecuencia utilizaban las convenciones del **género gótico**, novelas de misterio y terror en las que su protagonista debe sortear toda clase de peligros en tenebrosos castillos o monasterios con pasajes subterráneos y atroces mazmorras; están además narradas en un estilo recargado y retórico, hacen constante uso del suspense y acaban con un previsible desenlace feliz.

a ¿Cuáles de las convenciones señaladas detectas en «El pozo y el péndulo»?

6.2

El relato, el más largo de esta selección, presenta **dos partes**: en la primera, el protagonista evoca el juicio en que se le sentencia a muerte y reflexiona sobre el estado de inconsciencia en que cae; en la segunda parte se relatan los sucesivos tormentos de los que es víctima al ser encerrado en un calabozo.

Desde el primer momento el narrador nos ofrece un relato dramático distorsionado debido al estado físico en que se encuentra.

a ¿Con qué sentido percibe la realidad? (p. 82) Observa cómo reitera una y otra vez determinado verbo. ¿Qué imagen nos ofrece de los inquisidores y del ambiente que le rodea? ¿Tiene alguna visión delirante? ¿En qué concluye para el protagonista esta escena del juicio?

Sigue la reflexión sobre el estado de **pérdida de conocimiento** o inconsciencia, que el narrador asocia con el sueño —o más bien con una pesadilla—, el subconsciente y la muerte.

b Según el narrador, ¿en qué consiste el proceso de recobrar la consciencia? ¿Y qué puede recordarse de ese estado, que él mismo asocia con la muerte (p. 84) y, probablemente, con las torturas a que ha sido sometido (p. 85)?

c ¿Puede percibirse aquí el tema simbólico del "descenso a los Infiernos o al subconsciente"? Ejemplifícalo.

6.3

En la **segunda parte** el narrador relata los tormentos de que es víctima en la mazmorra en que lo encierran. La absoluta **oscuridad** reinante, un rasgo característico del género gótico, desempeña aquí un importante papel.

a ¿Cómo recrea el narrador la sensación de claustrofobia y angustia? (p. 86) ¿Dónde piensa que se encuentra? (p. 87)

El relato transmite al lector la sensación de que el **horror** es más insoportable cuando ignoramos el tormento que nos aguarda que cuando lo conocemos.

b ¿Cuándo lo confiesa así el narrador? (pp. 87 y 95-96) ¿Se acomoda bien esta idea con el suspense del relato? Pon algún ejemplo (pp. 87-88).

El deseo de combatir ese **temor a lo desconocido** le induce a reconocer a tientas el espacio.

c ¿Pero qué horror le aguarda al hacerlo? (pp. 89-90) ¿Mediante qué sentidos percibe su entorno?

Tras ser vencido por el sueño, el protagonista despierta y se encuentra ligado a una tabla horizontal; el calabozo, ahora, está **iluminado** por «un extraño brillo sulfúreo» (p. 92).

d **¿Resulta necesaria la iluminación para los tormentos que se le avecinan? ¿Cuáles son? ¿Qué le resulta más insoportable de la muerte por el péndulo y qué sentido inusual emplea para describir este instrumento de tortura? (p. 96) ¿En algún momento siente deseos de morir? ¿Cómo recrea la lentitud del descenso del péndulo? (pp. 98-99)**

El plan que ingenia el protagonista requiere de la colaboración de las ratas, lo que trae consigo una experiencia repugnante, una vuelta de tuerca más en su tortura (p. 101). Pero el péndulo desciende inexorablemente..., y la **tensión** y el **suspense** son máximos.

e **¿En qué momento preciso es liberado de las ligaduras por las ratas?**

Un último horror aguarda, sin embargo, al sufrido protagonista.

f **¿En qué consiste? ¿Cómo se resuelve de nuevo el clímax del final?**

6.4

Esta última experiencia del protagonista está cargada de símbolos de lo que hemos dado en llamar «bajada a los infiernos» o, desde el punto de vista psicoanalítico, al **subconsciente**, a la parte oculta del ser humano. Lee los textos auxiliares 2.1 y 2.2.

a **Comenta dicho valor simbólico. ¿Cómo podríamos interpretar, desde este punto de vista, el desenlace? ¿Y qué representarían las distorsiones en la percepción del protagonista? Y, sobre todo, ¿a qué atribuyes esa visión tan horrenda?**

6.5

El cuento aparece encabezado por una cita en latín, cuyo significado y comentario se lleva a cabo en la nota correspondiente. Relee asimismo la nota **2** de la p. 82.

a **¿Qué relación tiene dicha cita con este cuento y qué tema de «El pozo y el péndulo» parece sugerir?**

Desde esta perspectiva, el protagonista puede considerarse como un **héroe épico**.

b **¿Contra qué lucharía entonces y qué conseguiría al final?**

6.6

«El pozo y el péndulo» narra los tormentos a que se ve sometido un hombre por la **Inquisición** española en pleno siglo XIX. Aunque la tortura de la muerte por el péndulo la tomó Poe de un documento histórico (véase el texto auxiliar 4.3), no cabe duda que el relato debe más a la fantasía del género gótico en que se inspira que a la realidad histórica.

a **¿Qué sabes de la Inquisición? ¿Cuál fue su papel en la España de los siglos XVI y XVII? ¿En qué casos actuaba? ¿Por qué motivos parece el protagonista de este cuento haber caído en sus manos?**

7. EL CORAZÓN DELATOR

7.1

«El corazón delator», una de las obras maestras de Poe, es el relato de la comisión de un **asesinato**. No obstante, desde el primer momento conocemos al autor del crimen, el propio narrador del cuento. Así, desde la perspectiva del **género policial**:

a **¿Cuáles son entonces las incógnitas que el relato desvela?**

b **¿Qué puede haberle ocurrido al narrador tras el asesinato y a quién dirige sus palabras? ¿Qué piensa de su víctima? ¿Intenta justificar el crimen? ¿De qué parece defenderse?**

Como ocurre en el caso de «El gato negro», el narrador y protagonista del relato insiste reiteradamente sobre su **cordura** y racionalidad, a pesar del motivo que aduce para asesinar al anciano.

c **¿Cuál es ese motivo? Ejemplifica con algunas de sus frases la inteligencia y sagacidad de que alardea (pp. 108 y 110).**

d **¿Cómo se deshace del cadáver tras cometer el asesinato y en qué coincide con el protagonista de «El gato negro»?**

Las coincidencias, sin embargo, no acaban ahí.

e **¿Cómo se comporta cuando llega la policía y qué le induce a ello? (p. 113). Compárese también con el texto auxiliar 3.2.**

El personaje afirma no estar loco, aunque admite encontrarse enfermo de **hiperestesia**, una sensibilidad excesiva de los sentidos. Al lector, sin embargo, no le cabe duda de que está loco.

f ¿Se oye realmente el corazón "delator" de la víctima? ¿Es verosímil que el asesino sepa lo que está pensando el anciano (p. 111) y, sobre todo, que el corazón de éste lata con tal intensidad que pueda despertar a algún vecino (p. 112)? ¿Qué corazón oye en realidad antes y después de asesinar al anciano y quién siente terror? ¿Tiene el asesino algo de víctima?

Todo son, pues, **figuraciones** o fantasías de una mente perturbada. Se ha apuntado incluso que el propio asesinato es una mera fantasía del personaje y que los policías son en realidad los empleados de un hospital psiquiátrico.

g ¿Qué opinas de esta interpretación? ¿A quién se estaría dirigiendo en ese caso el personaje?

Tal y como se comenta en la «Introducción» (p. XL), en «El corazón delator» se nos presenta un caso clínico de **esquizofrenia**. Consúltese el texto auxiliar 2.3.

h ¿Qué síntomas de los relacionados en ese texto presenta el personaje? Ejemplifícalos.

Una de las fuentes de inspiración del relato fue un **suceso real** acaecido en Massachussetts (véase el texto auxiliar 4.4). Desde la perspectiva de ese texto:

i ¿Qué provoca la confesión del asesino en el cuento?

7.2

«El corazón delator» es un buen ejemplo de las teorías de Poe sobre el **relato corto**. Repasa la «Introducción» (p. XXVI) y lee los textos auxiliares 1.1 y 1.2. De entre las características del cuento mencionadas en esos textos:

a ¿Cuáles se dan en este relato? ¿Se cumplen la unidad de acción, de tiempo y de espacio? ¿Qué te revelan las últimas líneas del cuento, en donde se concentra el "efecto único"?

El **punto de vista narrativo** es fundamental en este caso.

b ¿Por qué?

El narrador consigue crear una **atmósfera inquietante**, avivando el **suspense** mediante un **relato lento** que con frecuencia pone de relieve la hipersensibilidad del protagonista.

c ¿En qué ambiente transcurre todo el relato? ¿Qué contrastes de luz y movimiento se producen?

d ¿Qué situaciones crean suspense en el lector? Pon algún ejemplo de narración detallada.

8. LA CAÍDA DE LA CASA USHER

8.1

El protagonismo que en este cuento cobra **la mansión de los Usher y su entorno**, patente ya en el propio título, se evidencia desde las primeras líneas del relato, donde se establece el tono y la atmósfera de la historia.

a ¿Qué rasgos caracterizan la casa y su entorno? (pp. 117-122) ¿Cómo afectan al narrador? (pp. 117-118 y 120)

b ¿Está la casa en ruinas? ¿Sobre qué detalle de la mansión de los Usher repara el narrador? (p. 122) ¿Qué aspecto ofrece el interior de la casa? (pp. 119 y 122-123)

El anónimo narrador acude a la casa Usher tras recibir una desesperada invitación de su amigo de infancia Roderick.

c ¿Qué le sucede al propietario de la casa? ¿Por qué rasgo se ha conocido a los Usher desde tiempo inmemorial? (p. 119) ¿Qué similitudes descubre el narrador entre la casa y sus moradores? (p. 120)

El otro gran protagonista del relato es **Roderick Usher**, un personaje con una compleja personalidad.

d ¿Cuáles son sus rasgos físicos? (p. 124) ¿Qué nos dicen esos rasgos sobre su personalidad? ¿Qué enfermedad padece (p. 125) y qué ideas le obsesionan (p. 126)? ¿Qué características comparte Usher con el protagonista de «El corazón delator»?

La sensibilidad de Roderick Usher le lleva a desarrollar numerosas **inclinaciones artísticas**.

e **¿Cuáles son las características de los cantos que entona (p. 129), los cuadros que pinta (p. 129) y los poemas que compone (pp. 130-131)? ¿Sobre qué temas versan los libros que cautivan su atención? (p. 134)**

Roderick comparte con su hermana gemela, **lady Madeline**, la soledad de su reclusión.

f **¿Qué relación parecen mantener los dos hermanos? ¿Qué sabemos de ella? (pp. 128 y 136)**

El aparente fallecimiento de lady Madeline induce a su hermano a enterrarla en una antigua cripta de la casa.

g **¿Por qué razón? (p. 135)**

El poema de Usher **«El palacio hechizado»** (pp. 131-132) y la obra ***Tristán el loco*** (pp. 140-144) que se acoplan en el cuento tienen una relación evidente con la historia que en él se narra.

h **¿Qué conexión guarda el poema que Usher recita con el contenido del cuento? ¿Cómo se engrana el pasaje de la historia de Tristán con lo que sucede en el relato?**

8.2

Como hemos señalado en la Introducción, «La caída de la casa Usher» es un relato de compleja **simbología**. El símbolo central es, sin duda, la mansión que han habitado secularmente los Usher, cuyas ventanas son descritas como «ojos vacíos» (pp. 117 y 118) y una de cuyas puertas es calificada de «mandíbula» (p. 145).

a **¿Qué crees que puede representar la mansión?**

A la influencia que la casa y su entorno ejercen sobre sus habitantes ya nos hemos referido en cuestiones anteriores. Roderick Usher explica esa influencia con una **teoría** que expone en la p. 133.

b **¿En qué consiste dicha teoría y qué conclusiones extrae de ella el protagonista? ¿En qué sentido podrían esas ideas dar razón de la muerte de Roderick y el derrumbe de la casa? ¿Explicarían también el hecho de que Roderick sepa que su hermana no puede haber muerto? ¿Por qué?**

El **narrador** parece experimentar un proceso de degradación psicológica similar a la del protagonista.

c **¿Qué alusiones nos revelan que el narrador está viendo alterada su personalidad? (pp. 117-118 y 137-138)**

«La caída de la casa Usher» se ha interpretado como una parodia del **género gótico**.

d **¿Qué convenciones propias de ese género aparecen en el cuento? (Repasa el ejercicio 6.1)**

9. ACTIVIDADES DE SÍNTESIS

9.1

Buena parte de los cuentos de esta antología tienen un elemento en común: se trata de **relatos fantásticos**, ya que no parece verosímil que algunos de los sucesos que en ellos se narran puedan ocurrir en la realidad cotidiana y "material". Sin embargo, y a diferencia de otras modalidades del género fantástico, lo "extraordinario" de estos relatos no consiste en la intrusión de elementos o seres sobrenaturales ni en la descripción de mundos o realidades imaginarias (como es el caso, por ejemplo, de J.R.R. Tolkien). Lee el texto auxiliar 5.2.

a **¿En qué consiste, pues, el elemento fantástico en Poe? Pon varios ejemplos de los relatos de esta selección.**

Ello nos lleva a plantear la peculiaridad de los **protagonistas** —casi siempre, narradores también— de los cuentos. Se trata, por lo común, de seres atormentados y de una compleja psicología. Léase el texto auxiliar 5.3.

b **Analiza y compara a los protagonistas de «El gato negro» y de «El corazón delator». ¿Qué les impulsa a contar su experiencia?**

Con frecuencia se ha dicho que las narraciones de Poe deben mucho a la personalidad del **autor** (véase, por ejemplo, el texto auxiliar 2.2). El propio Poe, de hecho, escribió que «la suposición de que el libro de un autor es algo completamente ajeno al *yo* del autor está, creo, erróneamente fundamentada».

c **¿Qué rasgos de Poe podría haber en los relatos mencionados en la cuestión anterior?**

Los protagonistas de otros cuentos presentan asimismo algunas características en común que, a su vez, tienen algo de su autor. Es el caso de «La máscara de la Muerte Roja» y «Hop-Frog», cuyos personajes centrales representan al **artista en la sociedad**, tal y como hemos estudiado en las actividades de los respectivos cuentos. Lee los textos auxiliares 6.1 y 6.2; aunque se trate de visiones parciales y aun deformadas de Poe:

d **¿Qué se dice en ellos que te permita asociarlos con los cuentos mencionados? Por otra parte, ¿sabes si el espíritu vengativo de Hop-Frog o de Montresor lo tenía también Poe?**

El artista es a menudo una persona dotada de un genio y de una capacidad creativa excepcionales y cuyo verdadero valor no siempre es reconocido por la sociedad.

e **¿Es éste el caso de Hop-Frog? ¿Fue el caso de Poe?**

f **Estableced un debate sobre las contradicciones inherentes a la condición de artista en la sociedad.**

9.2

El papel central que desempeñan los **protagonistas** en cada uno de los cuentos determina con frecuencia la elección del **punto de vista narrativo**, ya que ellos mismos acostumbran a ser los narradores de la acción.

a **¿Qué ventajas ofrece este punto de vista narrativo? Coméntalo con alusiones concretas a los cuentos de esta selección.**

b **¿Son estos personajes un retrato fiel del autor? Consulta el texto auxiliar 5.1.**

Muchos relatos de Poe son verdaderas obras maestras del cuento. El **desenlace** suele ser en todos ellos un elemento clave.

c **¿Qué desenlaces de los cuentos de esta antología te han impresionado más y por qué?**

Además de la sorpresa que en ellos se encierra siempre, algunos desenlaces desvelan a veces un tema del cuento que quizá no resulta del todo evidente al principio. A la luz del desenlace, así, el cuento ofrece una nueva perspectiva. Al final de «El gato negro» podemos pensar, por ejemplo, que el relato no sólo es el análisis de una mente paranoica sino también la historia de la venganza del gato.

d **¿Qué perspectivas puede revelarnos el desenlace de «El pozo y el péndulo», de «El barril de amontillado» o de «El corazón delator»?**

La mayor parte de los relatos de Poe —y, desde luego, todos los de esta antología— tratan de manera obsesiva el tema de la **muerte**, casi siempre desde una perspectiva que embarga el ánimo del lector. Son **relatos de terror** excepcionales que pueden hacernos cavilar sobre la función que el poeta latino Horacio asignaba a la literatura, la de «instruir deleitando».

e **¿Qué enseñanza crees que Poe quiso transmitir con estos cuentos? ¿Hay en ellos alguna lección moral?**

f **Si encuentras «deleite» en estos cuentos, ¿cómo lo justificas con la narración de situaciones tan desagradables?**